© 양현모

작가정신
소 설 향
0 2 1

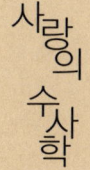

사랑의
수사
학

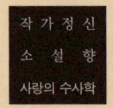ⓒ 박청호, 2006

· 초판 1쇄 인쇄일 | 2006년 2월 10일 · 초판 1쇄 발행일 | 2006년 2월 15일

· 지은이 | 박청호 · 펴낸이 | 박진숙 · 펴낸곳 | 작가정신

· 121-210 서울시 마포구 서교동 362-16 개나리 빌딩 5층

· 전화 (02)335-2854 · 팩스 (02)335-2855 · 이메일 jakka@unitel.co.kr

· 홈페이지 www.jakka.co.kr · 출판등록 1987년 11월 14일 제1-537호

ISBN 89-7288-273-9 03810, ISBN 89-7288-092-2(세트)

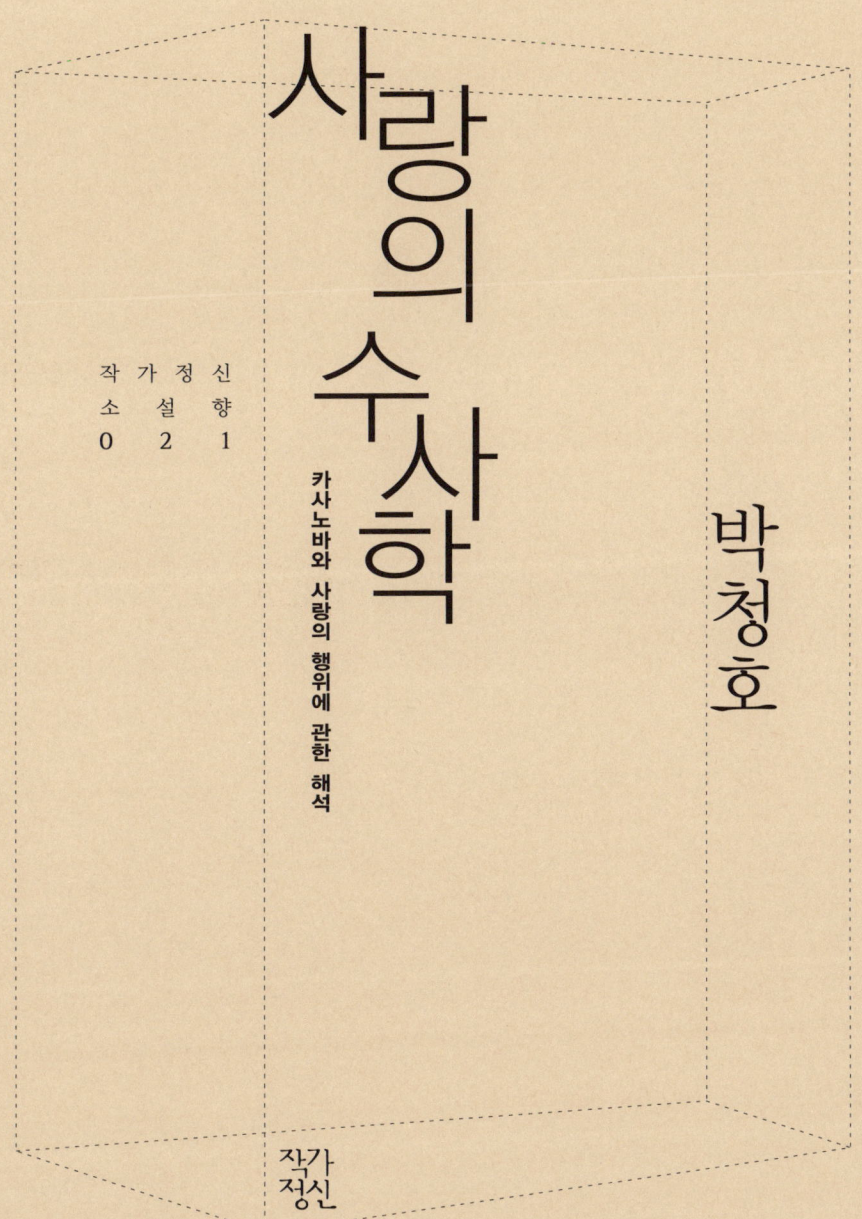

사랑의 수사학

작가정신
소설향
0 2 1

카사노바와 사랑의 행위에 관한 해석

박청호

작가
정신

이 책은 사랑과 욕망에 관한 책이다. 어떤 충동에 이끌렸는지 알수 없지만 학위논문까지 미루고 매달렸다. 오래도록 소설을 쓰지 않고 살았다는 자각 때문이기도 하고, 이 주제가 오래 전부터 나를 사로잡고 있었기 때문이기도 했으리라. 나는 매순간 인간이란 어떤 존재인가 스스로 물었고, 알 수 있는 것은 그저 내가 욕망에 사로잡힌 존재라는 것뿐이었다. 사랑과 글쓰기를 향한 욕망……. 욕망이 아름다울 때는 누군가를 열렬히 사랑하고 있을 때였다. 나는 사랑할 때만 욕망에서 벗어났고 그때만큼 누군가를 미친 듯이 욕망한 적이 없었다.

:: 작가의 말

프로이트는 죽을 때까지 여자의 욕망을 알 수 없노라고 말했다고 한다. 우리가 가장 알고 싶은 것 중 하나가 '내가 사랑하는 사람이 무엇을 욕망하는가'이기도 하다. 나는 욕망과 욕망 사이의 틈을 이야기하고 싶었다. 그 틈이 서로를 매혹하고, 또 그 틈 때문에 고통당하기도 한다. 사랑하는 만큼 깊어지는 고통 때문에 우리는 그 시간을 견딘다. 고통은 우리를 사랑에서 벗어나지 못하게 하고, 그 고통을 즐김으로써 우리는 사랑을 증명한다.

여자들은 사랑할 때 자기 자신을 희생하기로 마음먹는지도 모른다.

애인이 가혹한 희생을 요구하면 할수록 사랑하는 마음이 더욱 커진다. 여자는 묻는다. '과연 내 애인이 나를 사랑하는가?' 여자는 이 질문을 수없이 반복하고 답이 명쾌하지 않을 때 고통당한다. 그래서 남자들은 어쩔 수 없이 거짓말을 하게 되는지도 모른다. 애인을 기쁘게 하기 위해 애써 사랑한다고 말한다. 그러나 과연 그녀는 어떤 대답을 원하는 것일까.

아름다운 처녀가 개구리에게 키스를 하자 개구리는 왕자로 변했다. 왕자가 처녀에게 입을 맞추자 처녀는 맥주로 변한다. 남자가 여자에게 원하는 것과 여자가 남자에게 원하는 것. 과연 그것은 언제쯤 일치할 수 있을까. 그러나 남자와 여자는 같지 않다는 점에서 서로에게 너무나 매혹적인 존재로 남는다. 여자가 '아무것도 아닌' 그저 여자일 뿐이며 남자가 그 '아무것도 아닌 것이 아닌' 그 무엇으로서.

여자들은 카사노바를 열망한다고 한다. 그가 자기를 결코 사랑할 수 없다고 믿기 때문이다. 이는 만약 그가 자기에게 손을 뻗는다면 언제든 푹 빠질 만반의 준비가 되어 있다는 뜻이고 동시에 그의 욕망이 무엇인지 궁금해서 미친다는 뜻이다. 시대가 아무리 변해도 카사노바는 사랑과 욕망의 영역에서 영원히 지울 수 없는 잉여로 남을 것이다. 닿을 수 없는 환상으로서 그러나 상징적 질서에서 벗어나지도 포함할 수도 없는 예외적 희생물로서…….

사랑의 수사학은 사랑의 윤리학으로 건너가는 징검다리다. 아직 나는 사랑의 윤리를 알지 못한다. 사랑이 깊을수록 그 자체가 인간에 대한 윤리라고 막연하게 믿고 있다. '나'가 '나나'로 거듭나 그를 다시 사랑할 때 나도 당신을 위해 죽을 수 있을지 모르겠다. 그때쯤 나는 사랑이 무엇인지 만져보고 느낄 것이다.

2006년 1월

박 청 호

차 례

1 상상들

누군가를 사랑하는 것은
그를 자신의 기쁨의 원인으로 상상하는 것이다.
—미란 보조비치

그 남자를 만난 것은 팔월이었다. 그의 방에 누우면 바다에 가라앉는 느낌이었다. 침대 머리맡으로 파도가 넘실거렸다. 어쩌면 내 몸 깊은 데서부터 눈물이 솟아났기 때문인지도 모른다. 그는 내 몸을 길들이지 못해 꽤 고생을 했지만 가끔은, 아주 가끔은 나를 먼 바다로 이끌고 가 깊은 바닥으로 떨어뜨렸다. 비록 내 몸을 길들일 수는 없었지만 그는 다른 여자들과도 수없이 반복했을 몸의 사랑을 즐겼다. 나는 왜 그에게 길들여지지 않았는가. 그러나 가끔은, 그렇다, 아주 가끔은 강렬하고 길고 질긴 쾌락에 이를 갈았다. 그가 아니었다면 그게 가능했을까. 그의 몸은 파도였다. 한 번 세차게 밀려와 내 몸을 다 덮었지만 곧 냉정하게 물러났다. 파도는 다시 밀려올 테지만 언제나 뒷걸음질쳐서 달아나는, 결코 내 몸 위에서 정지하지 않았다. 간혹 다른 느낌이 들기도 했다. 풍성하게 가슴 한가득 안았다고 느끼는 순간 황홀하게 흩어지는 구름과도 같았다. 바람이었다. 온몸을 휘감고 나를 높은 곳까지 데려갔다가 나무 꼭대기에 살짝 걸쳐놓았다. 떨어질 듯 말 듯 발끝을 오므리게 하고 신경을 곤두세우며 허리를 부들부들 떨게 했다. 그는 파도였고 구름이었다가 곧 바람으로 바뀌었다. 여름이 그렇게 갔다. 팔월은 너무 짧고 그러나 천년보다 더 길었다. 시간은 완벽하게 이중적이었다. 한순간 없는 듯 멈춰 서서 현실을 지웠다. 가을은 기다리지 않아도 서둘러 도착했다. 나는 한겨울 눈이 쏟아지는 날에도 그와 함께 잠들 수 있기를 바랐다. 부끄러웠다. 아직 사랑받기를 바라는 여자의 심성이 고스란히 남아 그 남자를, 파도이자 바람이며 구름인, 아무리 오래 사랑하더라도 낯설기만 한 그 남자를 상상하고 있었다. 그가 숱한 여자들과 침대를 함께 쓰면서도 뻔뻔스레 날 그곳으로 이끌었을 때 나는 평생 그려보았던 그림보다 몇 배 더 많은 이미지들을 반복해서 상상했다. 그는 내가 알았던 과거의 남자들에서부터 미지의 사내들까지 수없이 많은 다른 남자들로 분열했다. 그래서 각각 다른 여자들과 짝짓기를 시도했으며 마지막

남은 단 한 명의 사내와 내가 짝을 이루었다. 나는 그가 단 하나였으면 하고 바랐다. 내겐 아직 사랑이 소유였다. 하루 종일 그만을 생각했다. 그 남자의 방은 곧바로 내게로 옮겨 앉는다. 가끔은 내 방과 뒤죽박죽 섞여 구분할 수 없었다. 여름 내내 나의 정신은 혼란스러웠다. 그의 여자들이 내 방까지 침입해 들어왔다. 나의 스물네 시간은 그로 인해 두 배 세 배로 늘어났다. 너무나 많은 여자들을 만나 인사를 나누어야 했다. 그가 아니면 볼 수 없었을 테고 길에서 만나더라도 결코 알아볼 수 없는 여자들과 마치 오래 한집에서 살았던 자매들처럼 손을 잡거나 어깨를 툭 치며 반가운 척해야 했다. 그래야 그가 좋아할 것 같았다. 그래야만 그와 오래도록 사랑할 수 있을 것만 같았다. 그 여자들의 수를 무심코 세면서 그 수를 다 받아들여야만 사랑이 깊어질 것만 같았다. 그에겐 침대와 책상, 싱크대와 가스레인지, 냉장고와 세탁기 그리고 에어컨과 데스크톱 PC가 있었다. 또 무엇이 있을까. 냄비와 수저와 칼, 가위 따위. 옷장이 있으나 그가 쓰는 것이 아니고 싱크대에 딸린 서랍들도 그의 손길이 닿지 않았다. 그가 쓰는 것은 오직 침대뿐인 것처럼 보였다. 하지만 그는 대부분의 시간을 책상에서 보내야 했다. 책꽂이가 딸린 책상이라고 하기엔 좀 커 보이는 책상이 있다. 책장은 텅 비어 있고 그 방의 옛

주인이 쓰던 실용적인 책들이 끈으로 묶여 있었다. 그의 책들은 책상 가장자리에 쌓여 있었다. 열 권가량 됐다. 그는 그 책을 읽기는 하는가. 여름 동안 그는 여자들을 상대하는 시간을 빼고는 책을 읽었다. 공식적으로는 그랬다. 그는 여기서 살지 않았다. 그저 여자들을 데리고 와 유희할 뿐이다. 나는 끊임없이 상상한다. 일정 부분은 현실이고 나머지는 각색된다. 그는 비교적 신종 직업이랄 수 있는 문화비평가쯤 된다. 팔월 한 달 동안 그는 도서 담당이었다. 그달에 출간되는 100여 종의 책을 읽고 방송사와 신문사, 인터넷 서점과 포털 사이트 등에 그 내용과 감상 포인트 혹은 책에 대한 평가나 실용성 여부에 이르기까지 꼼꼼하게 체크해서 게재했다. 그는 그런 일을 하고 약간의 돈을 받았다. 지난달에는 스무 편의 영화를 보고 일일이 보고서를 작성했다. 스무 편의 영화를 보기 위해 몇 명의 여자와 극장에 갔는지 알 수 없다. 다만 그가 극장에 혼자 가지 않는다는 것만은 확실한 사실이다. 그와 영화를 본 적이 있다. 팔월에도 그는 영화를 보았고 내게는 일 때문이 아니라 함께 있고 싶어서라고 말했다. 나는 그가 그렇게 말해서 좋았다. 그렇지만 그의 말을 믿지는 않았다. 나는 그를 신뢰하지 않는다. 하지만 그를 사랑한다. 사랑이 믿음을 보증하지 못하고, 신뢰한다고 해서 사랑할 수 있는 것도 아니다. 나는 되도록 그가 내게 거짓말하지 않기를 빈다. 그의 거짓말이 때론 나를 행복하게 만들 수도 있다. 그런데도 나는 그 남자의 진실을 알고 싶어 노심초사한다. 정작 내가 불행해질지도 모르는데 말이다. 그로 인해 나는 한순간 영화 속에 등장하는 여자 1, 여자 2 따위가 돼버렸다. 나는 몇 번째 여자일까. 순서 따위가 무슨 상관이랴. 무수히 많은 여자 17, 여자 36, 나는 이름도 의미도 가치도 없는 등장인물이자 배경이었다. 풍경과 함께 그려 넣은 여자들 가운데 하나. 나는 어떤 포즈이며 무슨 표정을 짓고 있는가. 그의 바다에 놀러와 물속 깊이 몸을 담았다가 떠나는 여자. 아무리 오래도록 바다에 머물기를 바라도 순식간에 물이 다 증발하고 사막 한복판에 덩그러니 놓여 있음을 깨닫고 황망해지는 여자. 나는 주로 화요일이나 목요일의 여자였다. 화요일엔 주말에 다녀간 여자들의 흔적이 그대로 방치되어 있었고, 목요일엔 그의 부재가 느껴졌다. 수요일에 그는 외출을 한다. 오후엔 일 때문에 사람들을 만나고 저녁때는 박사 후 과정 세미나에 참석한다. 정기적인 세미나는 수요일뿐이지만 간혹 부정기적인 특강이나 심포지엄에 나간다. 나는 팔월에 있었던 그의 강의에 참석한 적이 있었다. 여름엔 문학 단체가 여는 각종 세미나와 특강이 있었다. 그는 문학과는 다소 거리가 있는 물리학 전공자지만 외국에서 철학이나 역사, 문화학 따위를 두루 섭렵했다는 이유로 말하자면 특수한 예외자로서 초청되곤 했다. 그는 주로 문학에서 다루는 인간 혹은 철학에서의 인간 주체에 대해 관심을 보였다. 하이젠베르크의 '부분과 전체'에 대한 세미나는 매우 인상적이었다. 그가 강조하는 것은 자아가 아니라 타자였다. 그는 내 속의 타자를 만나라고 말했다. 나는 이런 아이러니를 견딜 수 없었다. 그에겐 오직 자기 자신밖에는 없었다. 그는 자기 외엔 다른 어느 것에도 관심이 없었다. 그런데도 늘 타자에 관해 떠벌렸다. 그것이 요즘 유행하는 철학의 한 갈래여서 그런지는 몰라도 그는 지나치게 타자에 관해 집착했다. 그에게 타자란 그저 무수히 많은 이름 없는 여자들뿐인데도 말이다. 자아의 쾌락을 위한 제단에 바쳐진 희생양과도 같은 여자들의 수적 분열과 그 긴 행렬. 마치 성지 순례 길에서 기적의 장소에 이르러 성수를 한 모금 떠서 입술을 적신 뒤 감격에 젖어 눈물짓다가 조용히 떠나는 신도들처럼 여자들은 그의 방에 들렀다 떠났다. 그 여자들 가운데 과연 누가 그의 본질이나 핵심 따위를 맛볼 수 있었을까. 반대로 그가 그 여자들 중 하나라도 자기 속의 타자로 받아들인 적이 있었던가. 아니면 그 여자들 속에 있는 자기 자신을 타자로 발견하고 그 타자를 사랑하기라도 한단 말인가. 그는 그저 거짓말쟁이일 뿐이었다. 차라리 그가 친절한 말 한마디 없이 정사를 끝낼 때가 더 낫다. 침묵은 너무나 끔찍한 거리를 상정하지만 그저 흥분을 좀더 돋우기 위해 음란한 말을 반복하느니 오히려 침묵 속에서 진행되는, 오로지 몸의 숨결만 있는 정사가 더 아름답게 느껴질 때도 있다. 사랑은 그 자체로 텅 빈 것이다. 내가 그를 사랑의 대상으로 선택했을 때 남는 것은 그의 신체뿐이다. 그의 소년 같은 웃음, 너그러운 배려, 예민하다 못해 소름 끼칠 정도로 섬세한 감수성, 사람들 사이를 오가며 대화를 나눌 때 느껴지는 수줍은 듯 세련된 태도, 그의 거짓말 같은 사랑 고백, 그 아름다운 것들은 다 어디로 갔는가. 그 사랑의 본질은 정녕 없었단 말인가. 나는 그를 사랑할수록 그의 텅 빈 마음 한복판으로 빨려 들어갔다. 그리고 그곳에 머물고 싶었다. 닿을 듯 멀어지는 밑바닥을 만져보고 느끼고 싶었다. 그러나 거기엔 끝이 없었다. 텅 빈 구멍만 계속되었다. 얼마나 깊이 들어가야 그를 더듬어볼 수 있을까. 언제까지 그의 허공을 매만지며 폐허를 견딜 것인가. 나는 온종일 그를 상상한다. 그의 텅 빈 곳을 더 이상 견딜 수 없어 이야기를 만들어 채운다. 텅 빈 곳을 가리려고 베일로 덮는다. 베일을 벗겨내도 아무것도 없다. 어쩌면 내가 감추려고 한 것은 그냥 베일일 뿐인지도 모른다. 베일은 그 뒤에 아무것도 없다는 사실만을 가린다. 내가 아무리 덮어도 그는 '그'라는 베일로 걷힌다. 그는 한없이 가볍게 공중에서 잠시 춤추다가 내려앉으며 포개진다. 겹겹이 접힌 그의 몸 사이로 틈이 벌어지면 나는 그 속으로 손을 집어넣는다. 그의 옆구리 살이 느껴진다. 나이를 속일 수 없는 뱃살과 허리를 둘러싼 러브핸들을 한 바퀴 돌려본다. 그가 늙어간다는 사실이 그를 사람으로 느끼게 한다. 봄이 오면 나는 서른이 된다. 그는 곧 마흔이다. 그런데 그는 여전히 청춘을 반복하고 있다. 어린 시절을 통째로 잃어버린 그는 너무 이르게 청춘을 맞았다. 그리고 시간이 정지한 듯 청춘만을 되풀이해 겪고 있다. 하지만 청춘도 나이가 든다. 청춘의 몸이 늙는다. 그는 몸으로 존재한다. 본질도 실존도 없다. 그를 느낄 수 있는 것은 몸밖에 없다. 그래서 나는 슬프다. 어딘가 따로 있을 것만 같은 그의 영혼이, 그 고독한 영혼이 우는 소리를 듣는다. 나는 펑펑 운다. 두 사람의 영혼이 여름 내내 통곡했다. 그리고 아무리 여름이 짙고 길어도 가을이 왔다. 내 상상 속에서 한 공간에 있는 두 명의 여자가 동시에 그의 문자 메시지를 받는다. 그리고 똑같이 행복한 미소를 띠며 답신을 보낸다. 그리고 세 명의 여자가 그의 전화를 기다리고 금요일의 여자가 순서를 기다린다. 나는 그의 집으로 아무런 연락도 하지 않고 무작정 찾아간다. 그에게로 가는 내내 그의 침대에 다른 여자가 누워 있으면 어떻게 할 것인가 가슴이 떨린다. 나는 가게에 마실 것을 사러 나온 그와 골목길에서 마주친다. 또 한번은 내가 그의 집 앞에 막 내릴 참에 전화가 울린다. 그도 내 생각을 한 것일까. 내가 상상한 장면은 단 한 번도 연출되지 않았다. 나는 무엇을 증명하고 싶은 것일까. 그가 여러 여자를 섭렵하는 남자라는 것을 굳이 나 자신에게 확인해준들 무엇이 달라지는가. 아니면 내가 그라는 사람의 정체를 얼마나 잘 알고 있는지 그에게 알려주려는 것일까. 그래서 뭐가 남는가. 그것도 아니라면 내가 얼마나 그에게 집착하고 있으며 그 집착은 사랑 때문이라고 사정사정할 작정인가. 왜 나는 그의 여자를 보지 못해 안달인가. 내가 의심하는 이 모든 것들은 증명되어야 할 아무런 이유가 없다. 그가 나 말고 다른 여자와 바람피우는 걸 목격한 뒤 나는 무엇을 어떻게 할 수 있을까. 그에게 당신이 나만을 사랑한다고 말하는 것은 거짓말이라고 소리친들, 설령 그가 잘못을 깨닫고 빈들 그게 무슨 할 짓이란 말인가. 정녕 나는 그와 함께 파멸하고 싶은 것일까. 나는 그와 사랑에 빠지는 순간 그와 헤어지는 상상을 했는지도 모른다. 왜일까. 그에게 여러 여자가 있기 때문일까. 내가 그 여러 여자들 가운데 하나란 사실을 도저히 견딜 수 없어

서? 아니면 그를 너무나 사랑하기 때문에? 과연 나의 사랑에는
무엇이 있을까. 나는 내 사랑도 그의 것처럼 텅 비어 있다는 것
을 겁내고 감추려는 것이 아닐까. 그는 나를 알까. 그는 나를 사
랑할까. 그러나 명확한 것은 그는 내가 아니며 그의 사랑이 내
사랑과 같지 않다는 것뿐이다. 이 건널 수 없는 차이가 그와 내
가 서로 마주보고 있다는 것을 증명한다. 만약 그가 나를 추억한
다면 나와는 완전히 다른 방식으로서일 것이다. 그러나 나는 도
무지 그를 내 밖에 둘 수가 없다. 그는 이미 항상 내 속에 있었
다. 그가 나로부터 외출하여 다른 여자들을 경험하고 돌아왔을
때 나는 그가 좀 낯설었다. 그가 다른 여자들에게 보여주었을 나
의 아름다움에 소름끼쳤다. 나에게서 받은 사랑의 폭포수를 그
는 다른 여자들과 낱개로 나누어 즐겼다. 그는 나를 몽땅 소비하
고 난 뒤 나에게로 돌아왔다. 나는 비록 한 달이었지만 그의 전
부를 내 속에서 길렀다. 나의 사랑의 우물에서 그 남자라는 신선
한 물을 퍼 올렸다. 그는 늘 차갑고 시원했으며 갈증을 쉽게 날
려주었다. 그는 늘 서늘했으나 그만큼 빨리 증발했다. 그는 자신
의 물기를 다 잃고 나서 부석부석한 몸으로 널브러졌다. 그는 늘
한 여자의 사랑의 샘물을 원했다. 하지만 그것은 다른 많은 여자
들에게 나누어주기 위해서지 그가 독차지하기 위해서가 아니었

다. 그래야만 그는 고독해질 수 있었다. 그는 사랑을 다 퍼주고 난 뒤 고독 속에 자신을 방치했다. 그는 많은 여자들과 자신의 고독을 나누는 것을 원하지 않았다. 누군가 그의 고독을 엿보거나 그 속에 들어오려고 서성거리면 그는 그 자리를 떠나 또 다른 고독의 장소를 찾았다. 그 어디에서도 타자의 응시로부터 벗어날 수 없다는 것을 누구보다도 잘 알고 있었지만 그는 자신이 사랑한 여자들로부터 달아났다. 그는 사랑의 수사를 알고 있었다. 그는 단 한마디도 사랑에 대해 언급하지 않았지만 아니 오로지 사랑에 대해서만 말함으로써 사랑의 말들이 입술에서 터져 나오는 순간 사라지도록 만들 수 있었다. 그가 처음 전화했을 때 그 세밀하고 나지막하고 웃음이 가득한 말투에 나는 귀가 멀었다. 사실 그가 맨 처음 전화했을 때 나는 받지 않았다. 너무나 외로울 때는 전화벨이 울리면 깜짝 놀란다. 더욱이 발신자가 미래의 애인이라고 확신할 때는 감히 전화를 받을 엄두조차 내지 못한다. 나는 그냥 전화가 울리다 멈추도록 가만히 있었다. 그는 다시 전화하지 않았다. 아마도 밤늦은 시간—아직 열한시도 채 되지 않았고, 나는 잠들지 않았고, 그와 새벽까지 이야기할 수도 있었다—이어서 다시 전화하기가 꺼려졌을 것이다. 아니면 내가 그의 전화를 거부한다고 느꼈을지도 모른다. 나는 전화를 받

고 싶다는 욕망을 뒤로 미루었다. 그는 며칠이 지나도 다시 전화
하지 않았다. 나는 우연히 다른 모임에서 그를 다시 보기를 기대
했다. 그러나 그는 나타나지 않았다. 나는 그에게 전화를 걸어
안부를 물었다. 그는 내 전화에 놀란 듯했다. 바쁜 일이 있어 모
임에 나가지 못했으며 다음번에는 얼굴을 보게 되기를 바란다고
말했다. 나는 그의 목소리의 뉘앙스를 구분하려고 애썼다. 그는
분명 놀랐고 반가워했다. 매우 짧은 순간이었고 그가 몇 마디하
지 않았지만 나를 보려고 달려오고 싶은 마음이 굴뚝같다는 것
을 숨기지 못했다. 나는 속으로 웃었다. 그는 내가 자신의 전화
를 받지 않은 것을 기억하고 있다. 그걸 내색하는 대신 내 전화
를 두 배쯤 반갑게 맞았다. 그는 여자의 마음을 흔들 만한 언변
을 지녔다. 그는 늘 물러서며 여자를 끌어당긴다. 그가 뒤로 물
러날수록 나는 다가선다. 그가 오늘 나타났다면 나는 흥미를 잃
었을지도 모른다. 아니 그 전에 내가 그의 전화를 받았다면 오히
려 그가 흥미를 못 느끼거나 내가 전화를 걸지 않았다면 다시는
그의 전화를 받지 못했을 것이다. Give and take. 사랑이란 다 줄
수도 다 얻을 수도 없다. 나의 일부가 그의 것이 되는 것, 그런
것이다. 그는 내게 어느 부분을 주려는 것일까. 아니다. 그는 내
게 잠시 자기 자신을 빌려주었다가 다시 빼앗아간다. 그리고 그

런 사실을 내가 알지 못하도록 숨긴다. 하지만 그것을 느끼지 못할 여자가 어디 있을까. 바보처럼 미련스러운 여자라면 애초에 그가 사랑하지도 않았을 테니 그 여자들은 모두 슬펐을 것이다. 많이 울었으리라. 그는 나쁘다. 나쁜 사랑. 나의 사랑은 매우 나쁘다. 그를 사랑하는 행위는 윤리적이지 않다. 그러나 그 행위로부터 달아나는 것은 더욱 그렇다. 그의 말처럼 사랑할 때는 무작정 사랑해야 한다. 그래야만 그 나쁨에서 벗어날 수 있다. 죽도록 사랑했다면 이미 그 나쁨의 끝까지 간 것이니 용서받을 것이다. 늘 사랑은 나쁜 인간들을 구원해왔으니 말이다. 사랑하지 못해 죄책감을 느끼기보다 사랑하고서 벌을 받겠다. 아마도 그는 벌로서 사랑하고 있는지도 모른다. 사랑하는 것이 벌이라니 너무 쉬운 벌이 아닌가. 고통을 사랑으로 대신하다니. 사랑하는 게 죄악이자 벌이며 용서이자 구원이며 고통이지만 기쁨이었다. 그는 행복한 사람이었다. 미래의 벌을 오늘의 희락으로 바꿀 수 있는 마술사였다. 그는 늘 웃었다. 왜냐하면 늘 사랑에 빠져 있었으니까. 그를 보면 나도 잠시 동안 웃었다. 그와 함께 있으면 나역시 행복했다. 그리고 혼자 있을 때면 내내 울었다. 하루 종일 그를 생각했다. 사랑의 슬픔을 노래하는 유행가를 따라 부르며 눈물을 흘렸다. 가슴이 에였다. 살갗을 벴다. 그는 재생되고 반복되었다. 사랑하는 시간보다 추억하는 시간이 너무 길었다. 그래서 여름은 끝나지 않았다. 팔월은 십 년 치가 한꺼번에 반복됐다. 나는 가끔 의문이 든다. 그는 왜 굳이 여자들에게 자신의 생을 내던지는가. 그는 마치 자기 자신을 넘어서야 할 이유라도 있는 양 자기를 내팽개친다. 자기 외부에 진짜 자기 자신이라도 있다는 듯 자기 스스로를 소진해버리고야 만다. 자신을 넘어서는 동시에 자기 자신인 어떤 것을 위해 자기를 희생하는 순례자와도 같다. 여자들 사이를 순례하며 자신을 망가질 때까지 내버려두는 자. 무엇을 위해서인가. 물론 자신의 쾌락을 위해서다. 그러나 그가 타자의 쾌락을 착취하는 것은 아니다. 쾌락이라면 오히려 여자들 몫이다. 그와 침대를 함께 쓴 여자라면 잘 알 것이다. 그가 얼마나 자신의 쾌락을 잘 참고 견디는지. 그가 얼마나 타자의 쾌락을 열망하는지. 그가 얼마나 쾌락의 수학에 밝은 나머지 늘 밑지는 장사를 하며 더 큰 쾌락에 충만한지를. 여자들은 그가 건네는 쾌락에 부르르 몸을 떤다. 그것이 그가 희생하는 쾌락의 대가이자 그의 쾌락 자체인 것이다. 그는 한 번쯤 여자로 태어나야만 했다. 그래서 그 자신이 허락한 여자들의 쾌락을 맛보며 동시에 그것이 얼마나 수치스러운 것인지 느껴야 한다. 여자를 한순간 온전한 암컷으로, 오직 성적 동물로, 밑 빠진 구멍으로 뒤바꿔놓는지 겪어보아야 한다. 남자와 여자가 어째서 평등해지고 마는지, 왜 인격이 없는 곳에서만 서로 화해할 수 있는지 깨달아야 한다. 그와 자고 나면 성적 차이 따위는 없다. 쾌락을 공유하는 동료애가 싹틀 뿐이다. 가끔은 인간은 없어지고 해골 같은 섹스 자체만 남아 있다. 몸이 만든 폐허를 그는 아무렇지도 않은 듯 바라본다. 그 폐허는 옛 몸의 흔적을 지닌 채 추억이 된다. 그는 여름 내내 너무도 수척하다. 앙상한 겨울나무 같다. 그의 등 뒤로 낙엽이 진다. 그가 지나간 길은 그가 벗어놓은 영혼의 옷처럼 따라 걸을수록 지워지고 없다. 바람이 분다. 영혼은 옷을 입어도 그토록 가벼웠던가. 아무것도 없다. 그는 없었지만 마치 있는 것처럼 나를 유혹했다. 아무리 그가 없다고 부정해도 그는 나로 인해 존재했다. 하루 종일 그만 생각했으니 그는 내 생각 속에서 스물네 시간 동안 얼마나 번거로웠겠는가. 스케줄이 뒤죽박죽 되어버린 유명 배우처럼 시공간이 자유로운 내 상상 속에서 매우 빠르게 등장하고 퇴장했다. 동시에 두 곳에 나타나야 했으며 생각과 현실로 분열해서 상주할 수밖에 없었으리라. 그는 나 때문에 지쳤다. 나의 편집증이 그를 조각냈다. 쪼가리 쪼가리로 쪼개진 그라는 퍼즐을 나는 여기저기 꿰맞추었다. 그는 괴로웠다. 나의 과대망상과 명확한 직감과 피할 수 없는 육감과 심장을 꿰뚫는 직관과 예민한 감성 때문에 그는 점점 미쳐 갔다. 나의 상상 속에 출현하느라 다른 여자들을 만날 수 있는 시간이 점점 줄어갔다. 그래도 그는 나를 사랑했는가. 내가 아픈 만큼 그가 나를 사랑했는가. 모르겠다. 알 수 없다. 나는 히스테리 환자이며 의심하는 주체다. 나는 늘 질문한다. 그에 대해서 그에게 질문한다. 그는 모든 답을 알고 있는 자다. 내가 오직 그에 대해서만 묻고 있기 때문이다. 그러나 그는 나의 욕망에 대해서도 아는가. 만약 그에게 나에 대해 묻는다면 그는 뭐라 답할 것인가. 나의 욕망이 그가 무엇을 욕망하는지 알고자 하는 바로 그것이라는 것을 그는 알고 있는가. 하지만 그는 내가 그에 대해서 물을 때마다 침묵한다. 그것만이 자기 자신에 대한 정확한 대답이다. 나는 내가 알고자 하는 것만 묻는 자다. 그러므로 그는 침묵할 수밖에 없다. 그는 나의 욕망을 알지 못한다. 그는 내가 알고자 하는 바로 그것만 모르기 때문이다. 그러나 그가 없다면, 대답할 그가 없다면, 내가 질문할 유일한 대상인 그가 없다면 나는 무엇을 물을 수 있단 말인가. 질문 자체가 사라졌는데 대답할 자가 무슨 소용이 있겠는가. 나는 그와 헤어질 수 없다. 가을이어서 지나고 눈 내리는 겨울 한복판에서 그와 키스하고 싶다. 이 정도의 바람이 뭐 그리 어려운 일이겠는가. 그런데 왜 이토록 초조하고 불안한가. 나는 무엇이 무서운가. 그와 사랑하는 행위가 왜 두렵고 떨리기만 하는 것인가. "사랑하는데 어떻게 안 아파." 내가 연애를 그냥 그대로 즐기지 못하고 늘 의심하며 전전긍긍한다며 그가 나무랐을 때 나는 소리쳤다. 그는 아프지 않고 사랑한다. 그저 사랑만 하고 그 속에서 즐길 뿐이다. 사랑하면서 고통스럽다면 아예 사랑으로부터 도피하라며 나를 떠민다. 빌어먹을. 나도 아프지 않고 건강하게 사랑하고 싶다. 그런데도 마음이 갈래갈래 찢겨나간다. 만약 내가 그와 헤어지고 다른 남자와 사랑에 빠진다면 함께 나눌 마음이 아직 남아 있을까. 마음은 시간이 지나면 다시 돋아나는 나의 한 부분일까. 지금은 이것이 전부인 것 같은데 다음엔 일부로 다시 되살아날 것을 생각하니 기가 막히다. 나는 여기서 완전히 소멸하고 싶다. 그래서 내 사랑을 증명하고 싶다. 정말 그의 말이 맞는 것일까. 고통으로 마음이 다 상해버려도 다음 사랑이 오고 마음은 또 다시 고통에 치를 떨 것인가. 그럴 바에야 이번 사랑은 고통 대신 쾌락으로 가득 채우는 것이 나을까. 왜 그는 나와 함께 고통받으려 하지 않는가. 아니 그와 나의 고통이 어째서 다른가. "아프지 마. 그럼 나도 아파." 날 위로하는 그의 아름다운 거짓말을 믿어야 할까. 쉬네파테사테(함께 고통받는다!). 말에는 신비한 힘이 있었다. 그가 내가 아프면 자신도 아프다고 했을 때 나는 위로를 받았으며 그후로 얼마동안 아프지 않았다. 아니 그의 아픔이 나에게도 느껴졌다고나 할까. 하지만 곧 말뿐이라면, 하고 의심이 고개를 들었다. 말은 시간 앞에서 그다지 효력을 발휘하지 못했다. 시간은 모든 것을 부식시켰다. 아니 어쩌면 말은 그 자체로 자기를 부정하는 힘을 지녔는지도 모른다. 말은 그저 말뿐이 아니라는 것을 증명하기 위해 자신 아닌 다른 것을 필요로 한다. 행위? 그러나 여자들은 몸으로 겪는 일보다 따뜻한 말 한마디에 얼마나 눈물짓는가. 그가 내 눈을 똑바로 쳐다보며 사랑한다고 말할 때면 지금 당장이라도 죽을 수 있을 것 같다. 죽음이란 이럴 때 생각해보는 아름다운 테마다. 나중에 알게 된 것이지만 그는 프랑스와 미국에서 받은 두 개의 학위를 가지고 있었고 일본에서 만든 자동차를 탔으며 백 평 가까운 아파트형 오피스텔에 간단한 사진과 영상 촬영이 가능한 스튜디오를 가지고 있었다. 가끔 벌거벗은 여자들을 찍기도 했지만 스튜디오는 프리랜서로 일하는 동료나 후배들이 간단한 일을 처리하는 데 빌려주는 것이 고작이었다. 그래봐야 오십 평 넘는 공간을 그 혼자서 썼다. 욕실이 네 개 침실 하나와 손님 방 하나, 두 개의 작업실과 서재가 있었다. 작업실 한 곳은 암실이 있는 사진을 위한 공간이었고, 다른 작업실에서는 영화를 보았다. 팔월에 그는 주로 서재에 있었다. 그런데 그는 그곳에 살지 않았다. 팔월에 내가 그와 만난 장소는 외국에 나간 그의 여자 친구들 가운데 하나가 썼던 방이다. 그녀는 아마도 나보다 더 어렸고, 이제 갓 대학을 졸업했을까 말까 한 나이임에 틀림없었다. 물론 그와 그곳에서 열렬히 사랑을 나누었을게 분명하다. 그러나 그는 그녀를 본 적도 없다고 말했다. 그는 유령과도 연애를 한단 말인가. 어찌된 영문인지 몰라도 그는 그곳에서 나와 또 다른 여자들을 맞았다. 그러나 그는 그곳에 살지 않았다. 그곳에서 그는 가난했지만 실은 어마어마한 부자였으며 팔월 내내 빈둥거리며 고독했지만 일 년 내내 바쁘고 정열적으로 일했다. 서재의 책들은 거의 최근에 출간된 것뿐이었는데 그는 읽은 책들 가운데 몇 권만 남겨둘 뿐 대부분은 도서관에 기증했다. 그래도 그의 서재엔 책이 쌓였다. 양쪽 벽은 프랑스와 미국에서 공부하면서 읽었던 외국 서적들이 차지하고 있었고 한쪽 면에는 그가 좋아하는 화집들과 시집과 예술 관련 책들이 있었다. 나머지 책들은 들어왔다가 그의 눈에 의해 소비된 후 곧바로 방을 떠났다. 그는 번역 서적은 거의 가지고 있지 않았다. 중국어와 일본어는 약간 서툴렀지만 독일어나 스페인어에도 정통해 있었으므로 희귀 언어가 아니라면 원서로 읽으면 그만이었다.

그는 거의 집 밖으로 나가지 않았다. 팔월엔 특히 그랬다. 반드시 읽어야 할 책이 스무 권이 넘었고 써야 할 원고의 양도 상당했다. 책이 번역본일 경우 원서와 비교하며 오류를 짚어내고는 이를 번역자와 출판사 그리고 언론사에 알려야 했으므로 무척 바빴다. 하지만 나는 그가 일하는 모습을 한 번도 본 적이 없다. 정작 그가 몰두한 것은 처리해야 할 일들이 아니라 자기가 원하는 일들이었다. 그는 자신을 예술가라고 생각하고 있는지도 모른다. 그림을 그리거나 음악을 연주하거나 시를 짓지도 않았지만 자신의 삶 자체를 고양하려는 듯 일상을 신성하게 통제했다. 하지만 그가 원하는 것의 정체가 과연 무엇인지는 알 수 없었다. 어찌 보면 그는 금욕주의자에 가까웠다. 지나친 술과 흡연을 금했다. 물론 사교를 위해 적당히 즐길 줄 알았다. 여자들은 순서에 따라 그의 집에 출입했다. 그는 모든 대상과 미적 거리를 유지할 수 있었다. 가끔은 마치 숭고한 영혼에 관심이 있는 사람처럼 보였다. 미적 거리를 완전히 없앤 뒤 대상과 내가 거의 하나로 섞어들기를 희망하곤 했다. 그러나 그것은 거의 불가능한 일이었고 오히려 불가능하기 때문에 더욱 강렬하게 원하는 것인지도 모른다. 숭고에 이를 때쯤이면 그는 자기 자신의 바깥에 서 있기를 자청했다. 자기 자신과 다른 장소에서 그는 숭고를 경험했다. 그는 아름다웠다. 가장 아름다운 남자였다. 그러나 그가 예술가일 수 있다면 오직 자기 자신에게만 몰입해 쾌락을 즐길 뿐이며 동시에 자기 자신 속에 내재한 타자를 파괴하려는 악마적인 쾌락에 열광하거나 중독된다는 사실에서였다. 하지만 나는 달랐다. 나는 오직 그에게만 관심이 있었다. 나는 사랑하는 동안은 오직 그 대상에게만 집중했다. 하지만 그의 영혼은 한곳에 매여 있지 않고 뭔가를 찾아 헤맸다. 어쩌면 찾는 순간 그는 그것이 아니라고 강하게 부정하곤 했다. 이게 아니야. 그는 결코 행복할 수 없었는데 그것은 늘 그가 자신이 원하는 것을 자신이 없는 곳에서 찾았기 때문이다. 구하는 것은 언제나 자기에게 있는데 그는 늘 다른 곳에 있었으므로 구하는 것을 얻지 못했다. 그가 자신이 원하는 것을 대부분 여자들에게서 찾았는지 아니면 그 무엇인가를 찾기 위해 여자라는 징검다리가 필요했는지 알수 없다. 어쩌면 그는 어쩔 수 없이 여자들과 어울리는 것인지도 모른다. 혹은 그가 원하는 것이 이 세상에 존재하지 않음을 깨닫고 나서 그 텅 빈 욕망의 근원을 여자들로 채우려는 것인지도 모른다. 그러니 그 여자들과 자신의 영혼을 나누려고 할 턱이 있는가. 그는 너무나 솔직한 사람이었지만 자기 내면의 어느 부분만큼은 지독히도 감추려 들었다. 아니 스스로 속이려고까지 들었다. 내게 가끔 들키곤 했지만 그가 자발적으로 내보인 것이 아니라서 나는 오히려 내가 알고 있다는 사실이 저주스러웠다. 그와 처음 침대 위에 누웠을 때 나는 그에게 매달리지 않았다. 그와 몸을 통해 쾌락을 느낄 수 있으리라고 생각해보지 못했다. 남자와 밤을 보냈던 적은 꽤 있었지만 쾌락을 얻기 위해서였던 적은 거의 없었다. 여자들이 흔히 말하듯 그저 함께 있는 것 자체가 좋았다. 서로 만지고 쓸고 어르면서 비비고 핥고 빨면서 친밀감을 느끼는 것이 고작이었다. 아니 그게 전부였다. 그것으로 족했고 인간적인 따스함의 범위를 넘어서는, 오로지 쾌락을 얻기 위해 몸부림치는 일 따위는 시도하지 못했다. 그러나 그와는 결코 그렇지 않았다. 나는 쾌락을 느끼고 싶었다. 그와는 쾌락을 나누고 싶었다. 오직 그에게서 쾌락을 얻고 싶었다. 그가 나를 짐승처럼 다루고 단지 여자로, 마구잡이 사랑의 대상으로만 여기기를 바랐다. 나는 여자 그 자체로서 그에게 흔적을 남기고 싶었다. 그러려면 그가 원하는 쾌락을 받아들여야 하고 기꺼이 온몸으로 그의 쾌락을 겪어낼 필요가 있었다. 그의 사랑은 일차적으로 몸에서 시작된다는 것을 나는 잘 알고 있었다. 물론 그가 나에게 사랑을 느낀 것은 몸 때문이 아니었다. 그는 나와 이야기하는 것이 가장 즐겁다고 말했다. 그러니 이제는 몸도 즐거워야 했다. 나는 그가 다른 여자들에게서 느끼지 못하는 것을 만족시키는 수준에 그치고 싶지 않았다. 그는 다른 여자의 몸 위에서 놀다가 나와 대화를 하며 웃는다. 나는 반쪽이 되고 싶지 않았다. 그는 내 몸과도 놀 수 있어야 했다. 나는 대화 상대만이 아니라 쾌락의 대상이기도 해야 했다. 그래야 그가 다른 여자들에게서 얻는 몸의 쾌락을 좀 멈추도록 요구할 수 있지 않겠는가. 나는 다른 여자들과 그를 나누고 싶지 않았다. 나는 그를 독점하고 싶었다. 나는 그의 전부를 원했다. 최소한 그가 나와 사랑하고 있는 한 그는 온전히 내 것이어야 했다. 나는 그가 선물인 양 내미는 그의 일부로는 만족할 수 없었다. 그러기 위해서는 나도 그에게 전부이어야 한다. 나는 그에게 절대적 사랑을, 전부로서의 나를 건네야 했다. 그래야만 그의 전부를 원할 수 있었다. 그러나 그는 피했다. 그 이유에 대한 그의 변명은 이랬다. "나는 전부라는 게 없어." 그는 자신이 그로서의 전부가 아니라고 말했다. 그는 오직 일부들로서 존재했다. 부분들로만 존재하는 전체라니. 숲이 아닌 그저 나무들이라니. 부분이 전체를 구성한다는 식의 철학적 도식을 인간에게, 살아 있는 유기체인 나에게 적용해서 어쩌자는 것일까. 그냥 사람이면 전부를 내놓을 수밖에 없는 것을. 어린아이도 알고 있는 진실을 굳이 지식의 도착으로 거부하는 까닭은 도대체 뭐란 말인가. 그는 정말 어리석다. 왜 그럴까. 정말 바보 같다. 한 인간을 온전히 받아들이지 못할 만큼 그의 내면이 결여하고 있는 것은 무엇일까. 아니면 그의 핵심은 어떤 불순물로 가득 차 타자를, 그가 사랑해야 할 자기보다 더 자기에 가까운 타자를 거부하는 것일까. 그를 향한 나의 원망은 한낱 상상이 빚어낸 오해일 뿐인가. 하루는 그의 사랑에 몸을 떨고 다음 날은 그의 배신에 마음을 다쳤다. 그를 만나는 날은 한없이 기쁘고 행복했지만 그가 내 곁에 없으면 의심과 공허로 울부짖었다. 그는 내가 울부짖는 시간에 다른 여자들을 향유했다. 그것이 그의 진실이었다. 그의 일부는 나와 사랑을 했고 다른 일부가 다른 여자들과 어울렸다. 그러나 그 일부들은 결코 하나의 전부가 될 수 없었다. 하나이자 전부인 순간 그는 죽을 것이다. 그는 언제나 쌍둥이였다. 결코 하나가 될 수 없는 똑같은 둘. 늘 하나이면서 다른 하나가 없으면 하나가 될 수 없는 둘. 쌍둥이에게 맞는 사랑의 대상도 복수여야만 했다. 아무리 많아도 하나로 환원될 수 없고, 다 더해도 결코 전부가 될 수 없는 것들. 나는 복수의 삶을 살고 있었다. 십여 년 전에 보았던 〈베로니카의 이중생활〉에서처럼 그는 여기 있었지만 또 늘 다른 거기에 존재했다. 그는 내게 속했지만 다른 여자들과 관계 맺었다. 그는 늘 둘 이상이었다. 또 다른 그에게 나하고만 사랑해야 한다고 요구할 수는 없었다. 그가 아닌 다른 이에게 사랑을 구할 수는 없지 않은가. 나는 단지 여럿의 그 중에서 단지 한 개의 그만을 상대로 사랑할 수 있을 뿐이었다. 다른 그(들)는 도대체 어디 있는가. 그(들)는 왜 나를 사랑하지 않는가. 나야말로 화냥년이 아닌가. 그를 사랑하면서도 다른 그(들)를 욕망하고 있으니 말이다. 더러운 년, 갈보 같은 년, 걸레이자 거머리 같은 음녀. 나는 사랑의 노예가 되어 스스로를 학대했다. 하루 종일 그를 생각하는 것이 스스로 내린 천벌이었다. 생각하고 또 하고, 상상하고 또 상상하고, 상상하는 것. 그것이야말로 고통 그 자체였다. 생각을 멈추고 상상을 정리하고 싶었다. 하지만 시시포스의 돌처럼 되돌아와서 다시 나를 재촉한다. 나는 그를 상상하면서 자위를 한다. 더 이상 그에게서 쾌락을 느낄 수 없도록 미리 앞당겨서 내 몸을 쾌락으로 물들인다. 그의 쾌락이 방문했을 때 단지 잉여로 취급하기 위해서, 그저 덤일 뿐이야, 하고 우습게 치부하려고 말이다. 그러나 쾌락의 본질이야말로 덤이자 잉여 아니었던가. 더 더 더. 이것이 쾌락의 자기복제 아니었던가. 지독한 쾌락 이후의 향유란 늘 뭔가 부족한 결여이자 나머지 아니었던가. 그래서 어쩌자는 것인가. 어쩌면 이것이야말로 내가 찾던 것 아니었는가. 드물게 찾아온 내 인

생의 기쁨을 어떻게 포기하란 말인가. 즐겨라! 즐겨라! 즐겨라!
초자아가 명령한다. 그러나 나는 늘 조금씩 물러선다. 그의 사랑
이 즐김의 차원을 넘어서기를 갈구하면서. 그럼 신의 아가페라
도 구할 참인가. 과연 신의 사랑을 모방해서 인간의 사랑을 넘어
서잔 말인가. 나는 불가능한 사랑을, 아니 사랑의 불가능성을 찾
아 헤맨다. 그는 나를 몸으로서 사랑해야 하고 마음으로 충실해
야 하며 단지 쾌락으로서가 아니라 고결하고 신성한 그 무엇으
로서 사랑해야 한다. 아마도 나와 계속 사랑하다가는 그는 곧 말
라죽거나 열반에 들 것이다. 신화의 시대에 살았더라면 별자리
가 되거나 신들 가운데 하나가 되고 말았을 것이다. 나는 그를
평범한 바람둥이가 아니라 사랑 때문에 지옥에도 다녀올 수 있
는 영웅이자 예술가로 만들고자 하고 있었다. 나는 그에게 그
(himself) 이상의 것을 요구했다. 그는 점점 지쳐갔다. 나는 그가
나를 만난 뒤로도 계속해서 다른 여자들을 만나고 있다고 생각
했다. 예전부터 만나왔던 아주 편안하고 익숙한 그리고 침대 위
에서만큼은 그를 흥분시킬 수 있는 매력적인 섹스 파트너를 최
소한 한 명쯤 남겨두었을 게 틀림없다고 믿었다. 그는 나 외에
다른 여자를 사랑하지 않는다고 말한다. 그의 말은 반쯤 진실일
수 있다. 하지만 사랑하는 여자와 단지 섹스만을 나누는 여자는

침대 위에서만큼은 동등해진다. 섹스할 때 나는 정녕 그 여자와 다른 여자이기를 원하는가. 물론 나는 그 여자와 다른 여자이지만 섹스를 반복한다는 사실에서 같다. 차이는 반복에 의해 지워진다. 내가 계속해서 그에게 다른 여자와의 차이를 증명하라고 강요한다면 더 이상 그와 잘 수 없다. 하지만 그럴 경우 나와 그 여자의 차이는 단지 섹스하는 여자와 섹스하지 않는 여자로 구별될 뿐이다. 거기엔 사랑이 개입하지 않는다. 사랑하는 여자와 사랑하지 않는 여자와의 차이는 도대체 어디로 사라졌단 말인가. 어떤 식으로든, 차이가 있든 없든, 그에게 나 외에 다른 여자가 있다는 것은 죽고 싶을 만큼 수치스런 일이다. 그와 공원을 걸었던 기억이 난다. 종로 한복판을 가로질러 골목길을 한참이나 걸었을 때 막다른 곳에 작은 공원이 그림처럼 앉아 있었다. 영화를 보고 아무런 목적도 없이 산책하듯 걷기 시작했다. 사실 어디로 가야 할까 생각해보지 않았다. 좀 어색했지만 팔월 한낮에 그와 손을 잡고 걷고 있다는 게 실감이 나질 않았다. 그가 이토록 평온하게 오후의 시간을 나와 함께 보낼 수 있는 사람이었는지 이해할 수 없었다. 그때까지 그는 나의 몸을 갖지 않았다. 그는 애써 서두르지 않았다. 나는 그를 만나기 전까지 몸을 많이 즐기지 못했다. 늘 내 몸에게 미안했다. 그는 급하게 날 취하려

들지 않았다. 어쩌면 그는 나를 자기의 침실로 이끌 생각이 그다지 없어 보이기까지 했다. 내가 여자로서 매력이 없는 탓일까. 하기야 많은 남자들이 내게 성적으로 접근하기를 꺼려 했었다. 하지만 나는 매력 없는 여자가 아니다. 모두들 내게 아름답다고 말했다. 나는 키가 크고 늘씬하다. 쌍꺼풀 없는 둥근 눈과 제법 오뚝한 코와 야무지게 다문 입술을 가지고 있다. 그 입술을 벌려 조근조근 얘기를 하면 남자들은 빠져들 듯 나를 바라본다. 그도 나와 이야기하는 순간이 가장 행복하다고 말한다. 그와 얘기를 편히 나눌 만큼 나는 감수성이 예민하고 꽤 지적이며 남자의 마음을 너그럽게 받아들일 줄 안다. 적당히 위로하거나 고민거리를 상담하고 조용히 충고할 줄도 안다. 섹스? 그는 섹스라면 밥을 굶어도 해치우고야 마는 성미다. 하지만 내겐 지나치게 요구하지 않는다. 그저 가끔씩 키스를 하거나 가벼운 애무를 해온다. 차 안에서 키스를 나누고 서로 몸을 어루만졌을 때 평화로우면서도 잔잔하게 떨리던 심장 소리가 지금도 들린다. 그러나 그가 나를 자신의 침실로 초대했을 때 나는 그의 다른 여자들을 느낄 수 있었다. 그는 내게 큰 잘못을 저질렀다. 그는 자기 여자들을 내게 감추었어야 했다. 그것이 최소한의 배려이자 예의였다. 그는 내게 자신의 여자들을 들키도록 스스로를 방치했다. 일부러 그랬을까. '나는 바람둥이다. 네가 그것을 인정하면 나와 사귈 수 있다.' 그는 얼마나 뻔뻔스러운가. 이제까지 내게 이렇게 무례하게 다가온 남자는 없었다. 그러나 나는 그를 거부할 수 없었다. 나는 치욕스럽게도 그와 잤다. 나는 내 사랑을 멈출 수 없었다. 그가 내게서 발견하는 나보다 더한 나의 모습을 나는 무시할 수가 없었다. 비록 그것이 나의 것이 아니더라도. 그게 내가 아니더라도. 나는 내 욕망을 속일 수 없었고 후회하더라도 그와 몸을 나누고 싶었다. 나는 다른 남자들에게는 잘 내놓지 않던 내 몸을 드러냈으며 그것이 나의 전부라는 것을 확신했다. 나는 마음을 나눌 줄 알았지만 몸을 나누는 데는 너무나 서툴렀다. 그러나 그에게만은 내 몸을 무방비로 맡길 수 있었다. 그는 타고난 마술사였다. 나는 그에게 나처럼 하기를 원했다. 하지만 나는 무참히 짓밟혔다. 그리고 그 뒤로 계속해서 이어지는 그의 변명과 거짓말, 나를 달래기 위해 반복하는 '너뿐이야'라는 말을 들어야 했다. 사실 그 말들의 반의 반만큼은 진실이었다. 그래서 더 아팠다. 그가 나를 사랑하면서도 다른 여자들이 필요하다는 것, 바로 그 사실 때문에 괴로웠다. 그는 딱 그만큼만 나를 배신했다. 그 외는 모든 게 다 진실이라는 점에서 나는 더 심하게 아팠다. 나는 그에게 전부가 아니었다. 그는 내가 다 채울 수 없는 욕망

을 가지고 태어났다. 그와 나는 태생부터 달랐다. 그와 나는 같
은 사실을 두고 늘 미묘한 차이를 보였다. 그는 설령 자신에게
다른 여자가 있다 하더라도 그것은 그저 잉여일 뿐이라고 강조
했다. 사랑과 섹스를 나누고 마음을 주고받는 '나'라는 여자가
있지만 간혹 다른 여자와 즐기고 싶을 뿐이라는 것이다. 그러나
그 다른 여자들 역시 나와 같은 생각을 하고 있다면 어찌할 텐
가. 자신들이 진짜 그의 여자이며 설령 다른 여자가 있더라도 그
녀들은 그저 잉여일 뿐이라고. 사랑하는 자가 자기의 자리를 사
랑하는 자의 자리로 바꾸고 사랑하는 자가 그랬던 것과 같은 방
식으로 행위하기 시작할 때 사랑은 숭고해진다. 나는 그에게 내
가 그를 사랑했던 것처럼 내가 그를 사랑한 것과 마찬가지의 방
식으로 사랑하기를 강요했다. 나는 억지로 그에게 숭고한 사랑
을 요구했다. 그는 나와 똑같이 사랑하고 내 고통의 양만큼 고통
받아야 했다. 나는 그에게 나와 같이 고귀해지자고 상승하라고
더 높이 오르라고 윽박질렀다. 그리고 끊임없이 그의 타락상을
고발했다. 나는 단 한 번도 그가 나를 사랑했던 방식으로 그를
사랑하지 못했다. 그것은 윤리적이지 않았기 때문이다. 한 여자
를 사랑하면서도 다른 여자를 욕망하는 것은 이미 사랑이 아니
기 때문이다. 나는 그에게 처음부터 다시 사랑하라고 교정 명령

을 내렸다. 이것이야말로 폭력이었고, 사랑이라는 미명하에 저질러지는 악행이었다. 그러나 그는 그렇게 해야만 한다. 나와 사랑하기 위해서는 나와 같은 방식으로 사랑해야 한다. 그러나 나는 얼마나 어리석은가. 나는 이별을 자초하고 있었다. 그와 나, 사랑하는 자는 누구이며 사랑받는 자는 누구인가. 나는 늘 사랑했으며 그는 사랑만을 착취했다. 그러므로 이제부터 그는 사랑하는 자 곧 나의 사랑의 방식에 응답하는 자로 자리를 옮겨야만 한다. 그러나 만약 그가 나를 사랑한 것에도 최소한 사랑이라는 이름이 부여된다면 나는 사랑하는 자이자 동시에 사랑받는 자다. 그가 자기의 방식에 응답하라고 요구한다면 어쩔 셈인가. 나에게 다른 여자의 존재를 인정하라고 말한다면 아니, 그의 다른 여자에 대해 의심하거나 상상하거나 이야기를 지어내는 일을 멈추라고 한다면. 차라리 그냥 다른 여자들 중 하나가 되라고 한다면. 그래서 고통 없이 적정 수준의 쾌락을 즐기며 그의 다른 여자들처럼 아니 이미 내가 다른 여자이므로 더 이상 다른 여자들을 경계할 필요가 없다고 말한다면 나는 어떻게 할 것인가. 나는 이 강요된 선택에서 무엇을 선택할 수 있단 말인가. 모든 것을 원점으로 돌려 헤어짐으로써 차라리 내 사랑의 방식의 정당함을 증명할 것인가. 아니면 이제부터야 말로 그의 방식대로 사랑할

차례인가. 아, 미칠 것 같다. 가을이 오는 것이 싫었다. 눈이 내
릴 때까지 그와 사랑해야만 했다. 나는 그와 사랑하기 위해 나
아닌 다른 여자가 되어야 한다. 나는 이제 타자다. 나는 내가 아
니다. 나는 그녀다. 그가 그녀를 사랑한다면 나는 기뻐서 어쩔
줄 모를 것이다. 그런데 왜 그녀가 사랑받는데 내가 기뻐해야 한
단 말인가. 나는 아직 완전히 그녀가 되지 못한 것일까. 그는 자
기 자신의 쾌락의 근원을 도리어 나의 쾌락으로 인정받고 싶어
한다. 내가 그를 사랑하도록 자극하는 것은 나의 사랑을 통해 자
신이 사랑받고 있다는 것을 즐기기 위해서다. 그는 자기 자신을
사랑하기 위해 나의 사랑을 필요로 한다. 나는 그의 사랑의 대상
이 아니라 자위와 같은 그의 사랑의 매개자일 뿐이다. 그는 그
자신을 즐길 뿐이다. 내가 그를 더 많이 상상할수록 그래서 내
사랑이 더 깊어질수록 그는 스스로를 그만큼 더 사랑할 수 있을
것이다. 나는 그에게 나에 대한 사랑이 아니라 오로지 자기 스스
로에게 사랑을 바치도록 부추기는 부도덕한 여자다. 나는 나를
증오한다. 나는 그에게 자기 자신을 사랑하게 함으로써 그가 스
스로에게 만족할 때 반사되는 기쁨을 얻으려고 그렇게 안달해왔
던가. 내가 바라던 것이 그의 기쁨이 내 기쁨으로 한순간 바뀌는
거짓의 기적이었단 말인가. 나는 웃음이 났다. 어처구니가 없었

다. 어떻게 나는 남자에게서 사랑받을 줄조차 모르는 멍청한 여자인가. 도대체 유혹은 누구를 위해서인가. 나는 과연 무엇을 원하는가. 나는 왜 그의 기쁨을 나의 기쁨으로 끊임없이 되돌려주는가. 진정 그의 기쁨은 나의 기쁨이 될 수 있는가. 과연 나는 그를 사랑해서 기쁜가. 그가 나에게서 보는 것과 내가 나 자신에 관해 상상하는 것 사이의 이 근원적인 불일치를 어떻게 설명해야 하는가. 내가 고통스러워 눈물지을 때마다 그는 나를 사랑한다고 말함으로써 나를 달랜다. 그러나 나는 그 말을 믿을 수 없다고 고개를 가로저으며 울음을 그치지 않는다. 그는 나를 그 자체로 사랑하지 않는다. 그는 나의 전부를 원하지 않는다. 그는 단지 나에게서 자기가 원하는 것만을 본다. 자기를 매혹시키는 무엇인가에 열광하는 것이지 나를 보고 기뻐하는 게 아니다. 그가 내게서 보는 것은 무엇인가. 그가 매혹되는 내 안에 있는 그것의 정체는 무엇인가? 그가 말하는 나의 예사롭지 않은 매력들은 아무리 생각해보아도 내게 없는 것들이다. 그는 내 안에 있지도 않은 어떤 것 때문에 나를 사랑한다. 아니 사랑한다고 말하고 그렇게 믿는다. 언젠가 그가 내 속에 자신을 매혹할 만한 그 무엇이 없다는 것을 깨닫는다면 과연 어떻게 되는가. 결국 사랑은 자기 자신을 배신함으로써 한때 그것이 사랑이었음을 증명하는 것인가. 어쩌면 나는 그를 사랑하지 않은 것인지도 모른다. 나는 늘 그에게 사랑의 이유를 대라며 그것이 증명되지 않는 한 그의 사랑을 받아들이려 하지 않았다. 그러나 그는 나를 왜 사랑하는지 이유를 댈 수 없음에도 나를 사랑한다. 어쩌면 사랑의 이유가 없기 때문에 말할 수 없는 것인지도 모른다. 그럴 경우 나는 사랑받을 만한 아무런 이유가 없는데도 사랑받고 있는 것이다. 그는 아무런 이유 없이 날 사랑한다. 그가 날 사랑해야 할 이유가 전혀 없는데도 사랑하는 것이야말로 진짜 사랑이 아닌가. 오로지 그만이 날 사랑하는 것이다. 그렇다면 사랑받을 만한 이유가 없음에도 사랑받고 있는 내가 할 수 있는 일은 과연 무엇인가. 더 이상 내가 그를 사랑한다고 우기지 말고 겸손하게 단지 그의 사랑을 되돌려주는 일 외에 더 이상 무엇을 하겠는가. 나는 이제 그만 항복해야 한다. 그가 사랑하는 방식에 나를 맞추고 그의 사랑에 응답하는 것 외에 아무것도 해서는 안 된다. 그저 그가 손 내밀 때 마주 잡는 것 외에는. 아, 이제까지도 기다려왔는데 또 그가 손 내밀 때를 기다려야 하는가. 그가 그토록 자주 손 내미는데도 나는 그 짧은 순간을 숨 막히도록 지루하게 기다려야만 하는가. 나는 그와 떨어져 있는 몇 시간이라도 그를 보고 싶고 만지고 싶고 그 안에 들어가 눕고 싶다. 나는 너무도 쉽게 이 사랑에 중독돼버렸다. 나는 차츰 미쳐갔다. 그와의 사랑이 어디에 서부터 틀어졌는가 생각해보려면 먼저 그가 어떻게 나와 사랑에 빠졌는가에 대해 고찰해야만 한다. 그는 나를 만나기 전에는 아무도 사랑하지 않았다. 그는 여자들을 쉽게 유혹했다. 그는 지적이었고 부자처럼 보였으며 관능적 매력이 넘치는 남자였다. 여자들은 거의 무방비 상태로 그에게 빠져들었다. 그는 말이 통하지 않는 여자들과는 침대로 갈 수 없다고 말했지만 그것이야말로 거짓말이었다. 그는 모든 여자들과 이야기할 수 있었다. 친밀감을 느끼거나 그렇지 않거나, 지적이거나 그렇지 않거나, 뛰어난 외모를 지녔든 그렇지 않든 상관없이 그는 모든 여자들과 대화를 나눌 수 있었다. 마찬가지로 많은 여자들이 그와 대화하기를 원했다. 그와 이야기하는 동안만큼은 그녀들은 자기가 존중받고 있다고 느꼈으며 정말 오랜만에 마음을 터놓고 이야기할 상대를 만났다고 느꼈다. 혹시 그가 속으로는 그녀들과 이야기하고 싶지 않으면서도 그들이 단지 여자라는 이유만으로 적당히 상대하고 있을는지도 모르지만 그는 그녀들과 편안한 상태로 대화를 즐길 줄 알았고 그들도 그가 자신들을 여자로 대하는 데 대체로 만족했으며 오히려 그 때문에 그와 대화하는 것을 즐거워했다. 그 여자들을 유혹하기란 정말 쉬운 일이었다. 대부분의 여자들은 그가 자기에게 지대한 관심을 가지고 있다고 생각했고 심지어 그가 자기를 사랑한다고 믿기까지 했다. 그러나 그는 어 땠을까. 그는 그녀들과 섹스하는 것 외에는 별 관심이 없었다. 그녀들과 가끔씩 섹스를 즐기는 것 외에 다른 목적이 없었다. 그 는 사랑에 잘 빠지지 않았다. 그것은 그가 그녀들과 쉽게 대화할 수 있는 사람이기 때문이며 여자들을 쉽게 유혹할 수 있고 손쉽 게 침대로 끌어들일 수 있었기 때문이다. 여자들 역시 몸과 말로 써 그와 소통하고 대화한다고 믿었겠지만 그것은 오해였다. 그 는 누구보다 소통과 대화와 생각의 교환 따위가 이미 어떤 방식 으로든 권력 투쟁에 참여하는 수단이라는 것을 잘 알고 있었다. 그래서 그의 매력에 굴복한 여자들을 침대 위에서도 성적으로 지배할 수 있었던 것이다. 성적으로 지배당한 여자들은 그 대가 로 지독한 쾌락을 선물받았다. 어쩌면 당연한 대가였지만 그녀 들 입장에서는 선물이었다. 그는 그런 상태를 즐기고 있었다. 유 독 나만 달랐다. 나는 그에게 선물을 바라지 않았고 받더라도 당 연한 대가이기에 고마워하지 않았다. 오히려 왜 좀더 황홀한 쾌 락을 내놓지 못하느냐고 졸라댔다. 그 전에 나는 그의 대화에 쉽 게 참여하지 않았다. 나는 늘 그의 사적 영역을 파고들었고 그는 거기에 대해 말하기를 꺼렸다. 어젯밤에 뭘 했나요? 다른 여자랑 잤어요? 좋았어요? 나 이전에 만나던 여자와 아직도 만나나요? 몇 명이나 되죠? 아니면 벌써 새로운 여자와 즐기고 있나요? 눈 길을 끄는 새로운 여자가 나타나면 어떤 식으로 접근하나요? 나한테 했듯이 하나요? 아니면 여자마다 각기 다른 방식으로 유혹하나요? 손쉽게 만날 수 있는 여자가 많은데 왜 나와 만나죠? 나의 질문은 늘 여기에서 멈춘다. 그것이야말로 내가 그에게 묻고 싶은 단 하나뿐인 질문이다. 그는 널 사랑하기 때문이지, 하고 대답한다. 나는 처음에 이것이 생판 거짓말인 줄 알았다. 다른 여자들에게도 이렇게 말하면서 유혹했을 게 뻔했다. 그러나 그게 아니었다. 그것만이 나에게 그가 할 수 있는 유일한 거짓말이었다. 그는 여러 여자들과 쉽게 잤다. 하지만 가끔은, 아주 가끔은 그도 사랑하고 싶었다. 그리고 자기의 사랑만큼 상대로부터 사랑받고 싶었다, 그러나 바로 그 때문에 나는 고통받았다. 그가 나를 사랑하기 때문에 내가 그를 사랑하기에 서로 고통을 주고받았다. 그는 여자들이 주는 쾌락의 대가로 더 큰 쾌락을 선물함으로써 스스로 즐길 수 있었다. 여자들 역시 그랬다. 그래서 여자들은 그를 존경했고 그에게 감사했다. 그들은 서로 사랑하지 않아도 좋은 관계를 유지할 수 있었고 싸우는 일도 기분 상해하는 일도 별로 없었다. 그러나 나는 달랐다. 그가 나를 사랑한다면 제대로 사랑해야 한다고 졸랐다. 나로 하여금 사랑받고 있다는 느낌이 확실하게 들도록 완벽하게 사랑해달라고 떼를 썼다. 그때마다 그는 자신은 최선을 다해 사랑하고 있다고, 이보다 더 잘할 수는 없다고, 이것이 자기 생애 최고의 사랑이라고 항변했다. 그는 정말 억울할 것이다. 그는 그 이전에 사귀었던 그 어떤 여자에게보다 내게 더 잘하고 있다. 그러나 그것은 그의 입장에서다. 그동안 그가 많은 여자들에게 마치 선처를 베풀 듯 쾌락을 선물하면서 그녀들이 정말 사랑받고 있는 것처럼 느끼도록 강요했다면 지금은 그때와 전혀 다른 상황에 놓여 있기 때문이다. 그가 아무리 잘한다 해도 그때와 같은 방식으로 더 잘하는 것은 아무런 의미가 없다. 그때는 쾌락의 교환이 있었을 뿐 사랑이 아니었고, 이번에야말로 사랑이란 말에 걸맞는 행위를 하고 있기 때문이다. 하지만 그는 그때와 같은 방식이되 보다 친밀하고 내밀한 방식, 즉 자기의 마음을 이전보다 더 많이 내놓고 상대와 만나는 방식을 취하고 있을 뿐이었다. 그러나 나는 그것으로 만족할 수 없었다. 나는 하루만이라도 그의 전부를 원한다. 그가 날 사랑하는 것, 바로 그것이 의미하는 바와 똑같은 것을 원한다. 그는 내게 되묻는다. 그것이 무엇이냐고. 나는 그것도 모르냐며 따진다. 그러나 아직 나도 그 대답을 알지 못한다. 어떻게 사랑하는 것이 사랑의 의미에 합당한 것인가를. 나는 늘 그에게 당신의 전부를 달라고 요구해왔다. 그는 끊임없이 자기에게는 전부란 없으며 있다면 그저 자신의 일부가 있거나 일부들이 있을 뿐이라고 설명했다. 그는 자기 존재의 일부를 내게 사랑의 선물로 건넨다. 나는 만족할 수 없다며 선물을 되돌려 보내면서 다시 한 번 그의 전부를 내놓으라고 칭얼댄다. 그럼 그는 이제부터 침묵한다. 내가 그로부터 그가 가지고 있지 않은 것을 요구하기 때문이다. 그런데 내가 요구하는 그의 전부란 어떤 것일까. 내가 전부라고 말할 때 나는 그것의 내용을 말하지 못한다. 그것의 내용이 하나가 아니기 때문이다. 그래서 나는 여러 내용들을 말하게 되고 그 내용들이란 내가 말할 수 있는 범위를 넘어선다. 내가 아무리 잘 정리해서 전부에 속하는 내용들의 목록을 제시한다고 한들 그 내용들을 다 말할 수 없다. 또 내가 지금까지 말한 내용들의 총화가 전부가 아니라는 점에서 나는 늘 전부의 내용 중 말하지 못한 나머지 것들을 남겨둘 수밖에 없다. 내가 전부라고 말하는 순간 무엇인가(말하자면 전부에 속하지 못하는 그러나 전부이어야만 하는 어떤 나머지)는 반드시 배제되기 때문이다. 그러니까 나는 전부라고 규정하면서 무언가를 제한하는 것이다. 그저 나는 전부에 속하는 내용들과는 전혀 무관해 보이는 전부라는 개

념만을 되풀이해서 되뇔 뿐이다. 그가 전부를 내게 주지 않는 이
상 나는 그의 전부의 내용을 알지 못한다. 다만 나는 그가 내게
다 주지 않고 남겨둔 무엇인가가 더 있다고 믿고 그에게 그것을
내놓으라고 재촉할 뿐이다. 그것이 마저 내게 넘어와야만 나는
그의 전부를 얻었다고 자족할 수 있을 것이다. 그러므로 이미 항
상 그가 내게 그의 전부를 주는 순간 나는 그것의 나머지를 갈구
한다. 정녕 내가 원하는 것은 그의 전부인가, 아니면 늘 전부에
속하지 못하고 남는 잔여인가. 나는 결국 그가 없는 폐허 속에,
완벽한 그의 잔해 속에 거주하고 만다. 나는 창녀인가. 주인의
상에서 떨어지는 부스러기를 갈구하는 이방여자인가. 그는 나에
게 친절하고 나를 배려한다. 데이트가 끝나면 늦은 시간인데도
늘 집 앞까지 데려다주고 그렇게 못 할 때면 늘 미안해한다. 하
지만 나는 이러한 친절과 배려 따위는 허위라고 생각한다. 나는
허위가 아니라 허위 너머에 있는 것을 원한다. 말하자면 그의 속
마음 말이다. 그가 진정 날 위해서 나를 사랑하기에 친절과 배려
로써 정성을 쏟는 것인지 아니면 그가 여자를 유혹하거나 여자
와 사귈 때면 노상 그렇게 하는지 알고 싶어했다. 그는 당혹스러
워하며 그가 얼마나 오랫동안 기다렸으며—나는 데이트 시간에
늘 늦곤 했다—얼마나 멀리까지 운전을 해왔으며 돌아갈 길이

아득한데 나를 집에 바래다주는지 길은 또 얼마나 막히는지 따위를 늘어놓았다. 예전에 그가 사귀던 여자들에게는 결코 이렇게 한 적이 없다는 말을 빼놓지 않고 들먹이면서 말이다. 나는 대꾸한다. 당신이 애쓰는 것을 안다. 그러나 단순히 여자에 대한 배려라면 다시 생각해보아야 한다. 나는 집까지 바래다주는 것을 원하지 않고 함께 있는 동안 당신이 나로 인해 기뻐하고 행복해하기를 빈다. 그래서 그 모습을 보며 나 역시 기뻤으면 한다고 주장한다. 그럴 때면 그는 기가 죽는다. 내가 그에게 '그' 이상을 요구하기 때문이다. 그는 말없이 집으로 돌아간다. 나는 집에 혼자 남아 생각한다. 그가 늦게 나온 나를 기다리지 않거나 데이트가 끝나고 늦은 시간인데 지하철 막차를 타라고 등을 떠밀거나 택시를 잡고 문을 열어준다면 뭐라고 말할 것인가. 나는 대번에 그가 변했다고 느끼지 않을까. 새벽에 나를 보기 위해 집 앞까지 차를 몰고 나타나고 아무리 늦어도 집까지 바래다주더니 이젠 달라졌다고 마치 대단히 큰 책이라도 잡은 듯 그를 몰아세울 것이다. 나는 왜 그의 친절과 배려를 의심할까. 나는 왜 그것으로 만족하지 않는가. 그의 친절과 배려조차 거부한다면 그에게서 찾으려는 진정한 목적인 사랑을 어디서 어떻게 발견할 수 있을 것인가. 친절과 배려 그 너머에 있는 그의 마음을 다 얻고 싶어서 나는 그의 친절과 배려 따위를 거부하는가. 사랑은 어디에 있는가. 친절과 배려 속에서도 찾을 수 없고 친절과 배려 밖에서는 아예 존재하지도 않는데 말이다. 무엇이 어디서부터 잘못되었을까. 문제를 느낄 때마다 처음으로 돌아가야 하는가. 그가 내게 왔을 때 그는 무엇으로 왔는가. 몸? 마음? 어떤 정열, 관능적이며 지적이고 세련되고 부유한 복합적인 매력, 남성다움, 다른 남자에게서는 느낄 수 없는 여성적 섬세함……. 그것이었나? 어떤 느낌이었고 그것의 정체는 무엇이었나. 처음에 그는 내게 말과 그 말을 담은 목소리로 왔다. 그는 내게 전화했고 나는 그 전화에 응답했다. 그의 목소리는 맑았다. 예전에 그토록 청명한 언어를 들었던 적이 있었던가. 그것은 시인의 목소리였다. 그가 나와 사랑에 빠졌기 때문에 음악 같은 목소리를 들려주었다. 나는 그 음악과 시의 향연에 춤추었다. 그래서 행복했다. 그러나 언젠가부터 더 이상 음악소리가 들려오지 않았고 그가 시를 읊는 것을 볼 수 없었다. 나는 가끔 투정을 부렸다. 내가 처음 느낀 것은 꿈이었는가. 그가 부르지 않은 세레나데를 나 혼자서만 들었는가. 나는 나를 들여다보았다. 들여다볼수록 잊을 뻔했던 시가 천천히 떠올랐다. 음악은 마치 지옥에서 울리는 듯했다. (그를 사랑하는 일은 정말 지옥 같다.) 현실에는 더는 없는 그러나 한 인간의 영혼에서는 황금빛 악보가 음표들을 휘날리고 있었다. 하지만 그의 영혼과는 달리 그의 입술에서는 더 이상 사랑의 속삭임이 새어나오지 않았다. 왜일까? 그는 불과 한 달 만에 다른 여자를 사랑하게 되었는가. 아니 예전부터 만나오던 금요일의 여자인가. 월요일, 수요일의 여자는 과거에 끝났는가. 미래에 다시 올 것인가. 그는 딱 그만큼만 내게 왔다. 그는 오직 그가 사랑하는 분량만큼 최선을 다해 사랑했다. 그보다 더 사랑할 수는 없었다. A와 B가 사랑할 때 그들은 50:50으로 사랑하지 않는다. 20:80 혹은 49:51로 사랑한다. 아니 20:80이 49:51로 비치기 때문에 사랑할 수 있다. 사랑의 판타지의 황금 비율은 49:51이다. 그 정도의 비율은 참을 만하기 때문이다. 하지만 실은 48:52이며 심지어 10:90일 수도 있다. A가 10이라면 B가 90을 채워야 가능하다. 그러나 그는 그렇지 않았다. 그에겐 10이 100이었고, 최소한 50이었다. 그는 상대방이 51 이상 99 이하가 되기를 원치 않았다. 그는 자신의 10이 최소한 50이므로 나머지 50을 채우라고 한다. 10이 전부니까 너도 10만큼의 전부를 내라고 했다. 그는 자기가 내놓은 10(혹은 50이자 100)보다 상대의 사랑이 모자라면 참지 못했다. 그는 딱 그만큼만 사랑했다. 그게 그의 전부였다. 그가 날 괴로워했다면 내가 그의 사랑보다 더 큰 수의 사랑을 내놓고 그만큼 내놓으라고 요구했기 때문이다. 그는 그것을 참지 못했다. 딱 자기만큼만 사랑하라고 말했다. 나는 그 사랑이 너무 작아서 그만큼의 사랑으로는 도저히 사랑할 수 없다고 계속 투정을 부렸다. 그러나 나는 투정을 부리는 동안 내 사랑만큼 다 사랑하지 못했다. 그사이에 그는 벌써 내 곁을 떠났다. 그는 아직 내 곁에 있지만 그의 마음과 시선은 다른 곳에 가 있다. 내가 그에게 사랑을 요구하는 그 짧은 사이에 그는 내게서 사랑을 느끼지 못하고, 내가 말로는 사랑한다고 하면서 그 사랑을 자신이 느끼도록 표현하지 못한다고, 그래서 늘 사랑 속에서 살아야만 하는 자기가 더 이상 숨을 쉴 수 없노라고 억지를 쓰며 떠났다. 그는 내게 자기가 날 사랑하는 만큼만 사랑하기 원했고 내가 그 경계를 넘어섰을 땐 너무 힘들어했으며 모자랐을 땐 내게 보냈던 사랑의 시선을 다른 곳으로 돌렸다. 나는 그 짧은 순간 어떻게 다른 곳을 볼 수 있는지 이해할 수 없었지만 그는 이미 다른 장소에 있었다. 내가 그렇게 할 수 있었다면, 그가 원하는 딱 그만큼만 사랑할 수 있었다면 나는 그를 잃지 않았을 것이다. 그러나 어떻게 사랑을 계산할 수 있는가. 사랑은 측량 불가능하다는 이유로 사랑이 아닌가. 사랑의 분량을 나눌 수 있는 자가 누구인가. 그야말로 사랑에 대해서 아무것도 모르는 자가 아닌가. 그러므로 그는 사랑받을 만한 자격이 없는 자다. 그는 사랑할 가치가 없다. 그러나 나는 그를 사랑하지 않을 수가 없다. 이유는 알 수 없다. 내가 어찌 그를 사랑하지 않을 수 있겠는가. 어쩌면 나는 그가 아무런 자격도 가치도 없다는 이유에서 그를 사랑한다. 그는 내게 시와 음악을 들려주었다. 그런 남자는 아직 없었다. 나는 처음 느낀 그대로를 흔적으로 지니고 있다. 그 흔적이 비록 지금은 없다는 부재만을 증명할지라도 나는 그 흔적을 사랑한다. 폐허가 지금은 멸망한 역사를 고스란히 드러낼지라도 나는 그 폐허 속에 눕고 싶다. 나는 내 사랑의 역사를 잊지 않는다. 나는 그의 손을 기억한다. 도시의 한복판을 마치 두 손만 떠다니는 것 같다. 나는 그의 육체를 전부로 기억하지 못한다. 오직 손만을 느낀다. 나는 남자의 스킨십이 아직 두렵다. 그러나 그가 내 손을 잡았을 때 아니 그 이전부터 내 손이 그의 손에 이끌렸을 때 손과 손이 맞잡았을 때 나는 처음으로 편안했다. 그는 손으로 왔다. 그의 목소리와 손, 그의 일부가 내게로 왔을 때 그것은 그의 전부였다. 내게도 그 느낌은 그의 전부로 전달됐다. 그러나 시간이 흐르고 사랑이 깊어질수록 나는 그에게 전부를 원했다. 그의 일부가 아닌 전부를 달라고 했다. 내가 이미 받은 그의 전부는 도대체 어디로 갔다는 말인가. 나는 이미 다 주어서 더 이상 줄 수 없는 그의 전부를 받기를 원했다. 그 이상의 그. 내가 원하는 것은 이미 그가 아니었다. 그는 자기에게 없는 것을 달라고 말하는 나를 힘들어했다. 이미 내가 그에게 없는 것을 향유하고 있었지만 막상 그것을 내놓으라고 하자 그는 뒤로 물러섰다. 그는 자기에게 없는 그 무엇이 두려웠는지도 모른다. 없지만 있는 것. 그는 나를 만날 때면 늘 두 개의 그로 분열했는지도 모른다. 나의 상상 속에서 그는 언제나 그와 '그 이상'으로 나뉘었으니까 말이다. 그러나 사랑이란 모름지기 자기에게 없는 것을 주려는 안타까운 몸짓이 아닌가. 왜 그는 그런 허황된 몸짓이라도 연출해 보이지 않는가. 그가 줄 수 없다는 것을 나도 이미 아는데 말이다. 그런데도 주려고 애쓰는 그를 보고 싶은데 어쩌란 말인가. 그러나 사랑을 측량할 줄 아는 나의 마술사는 자기에게 없는 것과 있는 것을 분별할 줄 알았다. 안타깝게도 마술사이면서도 정작 그는 자기 자신을 속일 줄 몰랐다. 그는 그가 부릴 수 있는 최고의 마술을 부려 내게 무엇과도 바꿀 수 없는 시와 음악을 선물했지만 시와 음악 속에 살게 할 수는 없었다. 그는 사랑의 일부를 전부라고 우길 수는 있었지만 자신을 나에게 사랑의 전부로 느끼게 할 수는 없었다. 그가 내게 준 것은 10의 전부였지만 어차피 그것은 내가 반을 채워야 할 50이었을 뿐 온전한 100

으로서의 전부는 아니었기 때문이다. 나는 아직도 온전한 100으로서의 전부가 있다는 환상을 떨쳐버릴 수가 없다. 그래서 우리는 늘 평행선을 걸었다. 그러나 사랑이야말로 둘이 마주보는 것이 아니라 둘이서 한곳을 바라보는 것 아닌가. 다만 그는 어느곳이나 다 보고 싶어할 만큼 자유로운 시선을 가지고 있었고 나는 한곳을 본다면 꽤 오랫동안 그것만 바라본다는 데 차이가 있을 뿐이다. 그는 날 사랑하면서도 계속 한눈을 팔았고 나는 그가 예전과 같지 않다고 불평했다. 그러나 내가 그를 사랑한다면 불평 말고 그 시간에 더 사랑했어야 했다. 하지만 그 불평은 내가 사랑하기에 감당해야 할 몫이며 결국 상처로 남게 될 무엇이다. 그러나 나는 그 상처가 두려워 계속 불평만 늘어놓았다. 내가 그를 잃는 것은 당연하다. 사랑해야 할 시간에 다른 행위에 더 매달리고 있으니 말이다. 그와 만난 지 한 달밖에 되지 않았는데 그는 날 사랑하지 않는다. 아니다. 그것은 거짓말이다. 그는 여전히 날 사랑한다. 그러나 나는 그의 사랑을 느끼지 못한다. 그에게 다른 여자가 생겼거나 나에 대한 사랑이 변했기 때문이라고 나는 상상한다. 그래서 늘 투정한다. 당신은 왜 전화할 때 다정한 목소리로 날 감싸주지 않느냐고, 날 만날 때 왜 환히 웃어주지 않느냐고 따진다. 그는 그렇지 않다고 대수롭지 않게 넘어가려 한다. 나는 살짝 더 어필해본다. 날 향해 다정한 말과 행복한 미소를 보내지 않는 것은 더 이상 날 사랑하는 게 아니지 않느냐고. 그는 화를 낸다. 자기가 날 사랑하지 않게 되면 언제든 사랑하지 않노라고 말하고 떠날 것이다, 하고 말이다. 자기를 그냥 내버려두라고 소리친다. 내가 좀더 내 의견을 말하면 그는 내게 두 배 세 배로 퍼붓는다. 내가 그에게 잘한 것도 없으면서 늘 투정만 한다고 소리지른다. 나는 내가 당신에게 바라는 것이 뭐가 그리 큰일이냐며 대든다. 그는 자기가 나의 욕심 많은 사랑을 다 채워주지 못해 미안하지만 자기는 늘 하던 식으로 사랑할 뿐이며 가끔은 자기도 나에게 못마땅한 점을 발견하지만 그냥 참고 넘어가고 있으니 예민하게 반응하지 말고 접을 것은 접고, 에둘러 갈 것은 돌아가기도 하라며 되레 성화다. 과연 그도 나를 견디고 있는 것일까. 왜 못마땅한 게 있으면 말할 것이지 참고 있단 말인가. 도대체 그는 나의 어떤 부분을 참고 견딘단 말인가. 아니 부분이 아니라 나의 전부를 견디고 있다는 뜻일까. 그에겐 나의 사랑도 견디기 힘든 고통이란 말인가. 아니라면 그는 사랑이란 고통을 견디는 바로 그것이라고 믿고 있는 것일까. 그는 향유할 뿐 고통받지 않는 사람인데 그렇다면 향유란 곧 고통 자체란 뜻이 아닐까. 그는 왜 고통을 그토록 향유하려는 것일까.

바보다, 그는, 정말. 나는 생전 처음 사랑을 했다고 말할 수 있다. 그 여름의 한 달간 내 생애 가장 짧고, 가장 아픈, 그렇지만 그만큼 행복했던 시간이었다. 그러므로 나는 서른을 앞두고 시작하고 서른번째 생일에 못 미쳐 끝난 이 사랑을 첫사랑이라고 부르고 싶다. 어차피 모든 사랑이 처음의 반복이듯이 내 사랑은 그가 내 마음에 다녀간 흔적으로서 지워지지 않고 내 몸에 새겨질 것이다. 몸이 마음과 다른 게 아닌 바에야. 나는 가을이 왔을 때 시를 썼다. 내가 처음으로 사랑을 잃고 쓴 시지만 나는 그것을 내가 쓴 것이 아니라 그가 썼다고 주장하고 싶다. 그가 나를 잃고, 아니 그가 나를 너무나 사랑한 나머지 내 몫의 사랑까지 자기가 맡아서 시를 써서 남긴 것이라고 마구 우기고 싶다.

사랑

마음이 없는데
마음이 아프다
네게 다 주어서 내겐 없는
숭고한 몸

아직 아프다

도시의 공원에서 널 껴안은 두 팔과
반쯤 열려 초조하게 맞닿은 가슴
더듬거리며 서로의 말을 찾는 입술과
옆구리와 뱃살, 생의 두께와 생의 늙음과
세상 모든 통증을 짊어진 등과 허리

갑자기 너와 나 사이에 발생한, 그러나
없던 사랑
이제 다 어디로 갔는가
거듭 거듭

네가 없어도
나는 너를 앓는다

나는 그가 내게 써 보낸 시를 읽으며 울었다. 그는 얼마나 나
를 사랑했을까. 그는 왜 그 사랑을 소유하지 못하고 떠나보내려

는가. 그는 '나'라는 보석을 왜 멀리하려는가. 나를 보내고 그의 인생에 닥칠 그 많은 불행들을 어찌 견디려고 하는가. 수많은 여자들과 그들의 질투와 그들의 이기적인 사랑을, 겸허하지 못하고 다만 그의 마음을 빼앗는 것에서 쾌감을 얻으려는 어리석은 여자들로부터 어떻게 벗어나려는가. 그는 나를 떠나보내서는 안 된다. 그는 나 외에 다른 여자를 사랑해서는 안 된다. 나만이 그의 여자다. 나는 그를 잘 알고 있으며 그가 아무리 다른 많은 여자들과 놀아난다 하더라도 나만이 그를 자유로이 풀어놓을 수 있다. 그를 마음에서 놓으면 그를 얻는다는 것을 이제 알았으니 말이다. 그러나 그는 지금 없다. 어쩌면 애초부터 없었는지도 모른다. '그'라는, 내 욕망의 대상이자 원인이었던, 내 속에 있으나 나를 벗어나 존재하는 오직 '그'라는 타자만 있었을 뿐.

2 사건들

이제 있는 것이 옛적에 있었고
장래에 있을 것도 옛적에 있었나니……
—전도서 3장 15절

그를 처음 만난 것은 시월이었다. 나는 젊은 화가들의 그룹전에 참여하고 있었다. 내가 제일 나이가 어렸기 때문에 매번 안내데스크 앞에 서 있어야 했다. 물론 화랑 직원들이 안내를 맡고 있었지만 그룹전을 여는 화가들 가운데 한 명쯤은 문 앞에서 손님들을 맞아야 한다는 게 선배들의 생각이었다. 그게 관행이어서도 아니었다. 그저 그것이 예의일지도 모른다는 생각에서였다. 나는 별로 내키지 않았지만 전시회 기간 내내 자리를 지켰다. 시작하는 날 화단 사람들이 대거 몰려왔기 때문에 굳이 내가 나서서 안내해야 할 손님은 별로 없었다. 선배 하나가 대학 이곳저곳에 나가고 있어 수업 대신 관람을 하려는 학생들에게 그림 설명을 하는 게 고작이었다. 그리고 학생들만 관람하라고 내몬 게 못내 마음에 걸린 교수가 뒤따라왔을 경우 정중하게 고맙다는 인사를 하면 임무는 끝이었다. 그래도 하루에 두서너 번은 인사를 해야 하는 사람들이 나타났다. 특히 개막일에 왔던 미술평론가나 담당 기자가 다시 나타날 경우는 그야말로 접대 수준의 안내가 필요했다. 그들이 출현하는 순간 나는 그룹전의 좌장격인 K 선배에게 문자 메시지를 보낸다. 시간이 되면 얼른 오세요. 나는 K 선배가 오기까지 그들과 말 상대를 하면서 시간을 벌어야 했다. K 선배가 화랑에 도착할 때까지 그들을 붙들어두는 게 가장 중요했다. 기껏해야 십여 분이면 충분했다. 이번 그룹전에 나름대로 의미를 두고 있는 K 선배는 근처 카페에서 전시회에 도움을 주고 있는 사람들과 차를 마시고 있을 게 뻔하니까 말이다. 물론 K 선배가 지방으로 강의하러 가고 없는 날은 H, D, O 선배들이 차례로 대기하고 있었다. 하지만 선배들은 화랑에서 손님을 기다리지는 않았다. 화가들이 자기네 전시회에 목을 매고 있다는 인상을 주기 싫어서였다. 그런데 나만은 예외였다. 나는 그룹전 참여 작가였지만 늘 화랑에 나와야 했다. 그들에겐 내가 같은 멤버로 보이지 않는 모양이었다. 그들과 같이 그림을 내놓았지만 나는 이번 전시회 밖에 있었다. 나는 또 한 명의 큐레이터

였고 그룹전에 참여한 화가들이 이번 전시회를 통해 이익을 얻는 데 힘을 보태는 조력자에 불과했다. 그들에겐 이런 역할을 담당해줄 막내 화가 한 명이 필요했던 것이다. 어쩌면 나는 이런 아웃사이더 역할을 기꺼이 받아들였는지도 모른다. 십일월에 있을 국전에 출품하기 전에 내 그림을 미리 선보이고 싶은 욕망이 작용했을 것이다. 그는 내가 접대해야 할 손님 가운데 가장 중요한 사람의 하나였지만 나는 그가 나타났을 때 알아보지 못했다. 심지어 개막일에 와서 화가들과 샴페인을 터트렸으며 늦게까지 뒤풀이에 남아 있었다는 것조차 알지 못했다. 나는 그를 도무지 알아보지 못했다. 그는 화랑에 들어서며 내게 미소를 띤 채 가볍게 고개를 끄덕였다. 그는 청재킷에 헐렁한 면바지를 입었다. 그는 안내 데스크에서 안내 전단이나 도록 따위를 받지 않고 곧바로 날 향해 걸어와 눈인사를 하고는 곧장 전시실로 들어갔다. 나는 그와 내가 언제 만났었나 잠시 생각했다. 그의 눈빛은 나를 아는 듯했지만 그의 인사는 꼭 아는 사람에게 하는 것 같지만은 않았다. 그저 모르는 사람과도 눈이 마주치면 웃음 띤 얼굴로 고개를 까닥하는 외국인의 인사법처럼 보였다. 그는 전시실 한가운데 우뚝 서더니 잠시 멍하니 멈춰 있었다. 딱히 어디를 보고 있는 것 같지도 않았다. 잠시 후 고개를 돌려 전시실을 한 바퀴

둘러본 뒤 정면의 벽을 향해 뚜벅뚜벅 걸어갔다. 전시실 한가운데는 K 선배의 그림이 차지하고 있었다. 그는 K 선배 그림 앞에 서더니 잠시 망설이는 듯 보였다. 그러나 곧바로 왼쪽으로 빠르게 움직였다. 그는 더 이상 생각하기를 멈춘 듯 곧장 열려 있는 벽 속으로 사라졌다. 그곳은 2전시실로 연결되는 통로였다. 벽과 벽 사이로 통로가 나 있다는 것을 이미 알고 있었지만 마치 그가 벽의 틈 사이로 스며들어간 것만 같았다. 나는 수 초 동안 멍하니 서 있다 그를 따라 2전시실로 들어갔다. 그는 어떤 그림 앞에 멈춰 있었다. 나는 그의 뒤에 숨을 멈추고 섰다. 얼마나 시간이 흘렀을까. "물기가 스며 나오는 것 같군요." 그가 입을 열었다. 내가 그의 뒤에 서 있다는 걸 느끼고 말하는 것 같았다. 나는 아무런 대꾸도 할 수 없었다. "왜 여자 얼굴만 오롯하게 떠오르는 걸까요." 그가 다시 물었다. 그가 내게 뭔가 대답을 요구하고 있다고 생각할 수 없었다. 그저 혼자 말하는 것이려니 싶었다. 나는 몸이 없는 것처럼 마치 그의 뒤에 온전히 숨어서 그를 살피고 있는 시선으로만 존재하는 느낌이었다. 나는 그가 나를 보았으리라고 느끼지 못했다. 그림은 먹빛 바탕에 푸른색 기운을 띤 여자의 얼굴을 그린 것이었다. 대체로 먹과 흰 여백으로 이루어진 한국화풍의 그림이었지만 교묘하게 채색을 입혔고 터치로 보아선 서양화를 전공한 사람의 그림이었다. 그런데도 그림은 서구적인 의미에서 볼 때 이국적인 정서를 풍기고 있었다. 우리나라 사람이라면 그저 유화 그리던 이가 한국화풍을 받아들여 옷을 입힌 것 정도로 보일 것이다. 그림의 제목은 〈청향淸香〉이었다. 너무나 푸르러서 맑은 향기가 뿜어져 나온다는 뜻일까. "이 여자의 얼굴은 가을걷이가 끝난 뒤 노적가리처럼 부석부석하고 메말라 보입니다. 그런데 그 속을 열면 투명한 물기가 배어나올 듯하군요." 그가 계속 말했다. 나는 그의 표현이 그림에 대해 적당한지 잠시 생각했다. 그림은 사진처럼 또렷하게 여인의 얼굴이 도드라져 보였지만 그녀의 옷매무새는 잘 드러나지 않았다. 그녀는 그저 얼굴만 있는 듯했다. 그러나 호수를 배경으로 산 그림자가 물에 잠겨 있었고 나무가 그 둘레를 감싸고 있었다. "노적가리 한복판이 물기로 젖어 있는 것이 느껴지세요?" 그가 또 말했다. 나는 아무 대꾸도 할 수 없었다. "노적가리는 메말라 있지만 그 속은 습기와 열기로 푹 썩어가고 있죠. 그래야 퇴비로 쓸 수 있기 때문입니다. 이 여자가 뭔가 갈망하는 눈빛으로 자기 밖을 보고 있는 것은 아마도 자기 속의 사랑을 드러내는 순간 자기의 존재가 사라질지도 모른다는 불안감 때문이 아닐까요. 자기 속의 불안 때문에 오히려 뭔가를 갈망하다니. 그게 뭘 것 같습니까. 그녀가 자기의 불안을 감추기 위해서 갈망하는 것 말입니다." 그거야 알 수 없다. 여자의 욕망을 누가 알 수 있겠는가. 여자 자신도 자기의 욕망을 잘 알지 못할 테니까 말이다. 나는 그가 계속 떠들도록 내버려두었다. 그저 등 뒤에서 그를 바라보기만 했다. 그는 뒤통수에도 눈이 있는 듯 나를 향해 끊임없이 질문했다. 아니 자신은 이미 알고 있는 대답을 내게서 들으려고 질문을 퍼붓고 있는 것이다. 나는 대답을 회피했다. 그가 내게 답을 강요하는 한 나는 아무것도 그에게 말할 수 없었다. 그가 묻는 것을 나 역시 알고 싶기에 나는 그의 말을 반복하고 싶지 않았다. 내게 새로운 답이 있어서도 아니었다. 그저 그가 내게 말하고 싶은 것을 말하도록 내버려두는 수밖에 없었다. 내가 입을 여는 것은 그의 말이 다 끝난 뒤라도 늦지 않을 것이다. "왜 이런 그림을 그렸을까요?" 그것은 나도 모른다. 왜 내게 그걸 묻는가. "이 그림을 그릴 때 이 여자는 어떤 느낌이었을까요?" 이 그림에 이 여자라니. 그럼 이 그림을 이 그림 속의 여자가 그렸단 말인가. 소설의 주인공이 소설 밖으로 나와 소설을 직접 쓸 수도 있다는 뜻일까. 그렇다면 〈청향〉은 자화상이었다. 그룹전에 참가한 여자는 나밖에 없었다. 그가 나에게 〈청향〉에 대해 묻는 이유는 내가 그 그림을 그렸기 때문이다. 나는 이제야 그것을 깨달았다.

나는 아주 오래 전에 이 그림을 그렸다. 그리고 잊었다. 사실 전시실에 이 그림이 왜 걸려 있는지조차 이해할 수 없었다. "왜 이런 작고 볼품없는 그림에 눈을 주시는 거죠?" 내가 처음으로 그에게 물었다. "뭔가 거스르는 게 있지 않습니까? 대가들과는 다른 방식으로, 혼자만 유독 어리석게도 자기만의 숨결로 그려보겠다는 치기가 엿보이지 않나요?" "이렇게 미성숙한 그림에 그만한 가치를 굳이……." "성숙이라고요? 예술은 포도주가 아닙니다. 숙성시킬 이유가 없어요. 그림은 이미 그것 자체로 예술입니다. 성숙한 화법 따위는 아예 존재하지도 않습니다. 고흐의 그림은 그가 데생을 잘 못할 때에도 역시 그림이었습니다. 그림이란 예술가가 만들어놓은 하나의 세계이지 그가 몸에 익힌 기술이 아니기 때문이지요." 그는 화난 사람처럼 소리를 질렀다. 소리가 울리자 화랑 직원들이 달려왔다. 조용한 관람을 바란다는 말을 하고 싶었을 것이다. 그러나 노한 듯한 그의 얼굴을 보고는 기가 질려서 다시 돌아가고 말았다. "이 전시회에서 제 눈길을 끄는 것은 이것밖에 없군요. 팔 건가요?" "얼마에 사실 생각이죠?" "글쎄요." "그럼 팔지 않겠습니다." "만약 많은 돈을 낼 사람이 있다면 어쩌겠어요?" "난 당신이 살 거라고 믿었는데요." "장사는 그렇게 하는 게 아닙니다. 어떤 이에게 그림에 열광하도록 만들고, 그러니까 그 사람에게 그림 값을 매기도록 하고 바로 그 다음 사람이 사도록 해야죠. 그래야 그림의 진짜 값을 받을 수 있습니다. 내가 이 그림을 다른 이가 사도록 만들죠." "그림 수집상들을 많이 알고 계시나봐요?" "아닙니다. 그들이 찾아오도록 하겠습니다." 나는 그때 그야말로 K 선배와 같은 사람이 꼭 만나야 할 사람이란 걸 직감했다. 나는 살짝 물러서서 재빨리 버튼을 눌러 K선배에게 메시지를 보냈다. "그림을 다 보았으니 이제 그만 가야겠군요." 나는 그의 뒤를 따라 2전시실을 나왔다. 그는 잠시 멈춰 서서 1전시실을 휘 둘러보았다. 그러고는 고개를 좌우로 흔들며 현관 쪽으로 걸어갔다. 그는 여기 더 이상 머물지 않을 모양이었다. 나는 최소한 K 선배가 올 때까지 시간을 끌어야 했다. 나는 주저주저 하면서 그에게 다가가 "저기 차라도 한 잔 하고 가시죠" 하고 더듬거리며 말했다. 나는 그를 무어라고 불러야 할지 몰랐다. 그저 흔하게 선생님이라고 부르면 그뿐이었을 텐데도 그 말이 쉽게 나오지 않았다. 그는 가던 걸음을 멈추고 날 바라보았다. 그리고 씨익 웃었다. 개구쟁이 십대 소년 같은 웃음이었다. "벌써 값을 흥정하시려고요?" "아뇨, 좀더 둘러보시면서 이야기를 나누면 안 될까 해서요. 그림에 대해서 많이 아시는 분 같아서요." "그림을 그리는 분들보다야 잘 알겠습니까. 그림 속에서 가끔 침묵의 목소리를 듣게 될 때를 기다릴 뿐입니다." "〈청향〉에서는요?" 내가 물었다. "잠시 들려오는 듯했습니다. 아직 뭐라고 말하는지는 분명하지 않지만. 그래서 더 매혹적인지도 모릅니다. 미인이 입술을 달싹거리며 뭔가를 말하고 있는데 잘 들리지 않으면 어떨까요. 더 가까이 귀를 가져다대겠죠. 왜 하필 당신을 그렸나요?" "모델이 없을 땐 저를 그리죠." "그게 답니까?" "그럼 뭐가 더 있겠어요. 화가는 대상을 재현할 뿐인데요." "그래서 당신이 저걸 그린 게 아닌가요? 당신은 대상을 재현할 생각이 없거나, 재현할 대상이 없거나, 아닌가요? 그래서 결코 재현할 수 없는 것, 그것이 바로 당신 자신이니까 그걸 그린 것 아닙니까? 어느 누구도 자기 자신을 재현할 수 없으니까요." "들라크루아나 렘브란트, 고흐의 그 많은 자화상들은 다 어쩌죠? 그건 대상이 아니었나요? 그건 자기 자신을 재현한 것이 아니었나요?" "그럼 하나 더 묻죠. 왜 그들은 자꾸만 자기 얼굴을 그려댔을까요? 자기 자신을 제대로 잘 재현해내기 위해서? 아니면 도저히 재현해낼 수 없으니까 어떻게든 해보려고? 그것도 아니라면 그 어느 대상도 재현하고 싶지 않았거나 재현하고 싶은 욕구를 일으킬 만한 대상이 없기 때문인가요?" 그는 다그치는 어조로 따져 물었다. 나는 그런 폭력적인 태도를 잘 감당하는 편이 못 되었다. "전 다만 그냥 그리고 싶었어요. 그 사진을." 나는 기죽은 목소리로 대꾸했다. "사진이라고요?" "네, 누군가 날 찍어줬어요. 좀 이상하게 나왔기에 이게 나인가요, 하고 물었죠. 그러니까 사진에는 있는 것만 찍혀서 나온다고 하더군요. 내게 이런 게 있나요, 다시 물었죠. 사진가가 대답했어요. 있으니까 나왔겠죠. 그래서 그걸 그리고 싶었어요. 뭐가 있기에 나오나 해서요." "그래 뭐가 나오던가요?" "글쎄 모르겠어요. 잘 모르지만 아마도 아무것도 없는 것 같아요. 사실 텅 빈 것 같은 느낌뿐이에요." "없는 것이 있었군요. 없지만 있는 어떤 것 말입니다." "재밌으시네요. 말장난이." "오늘 즐거웠습니다. 시간이 나면 한 번 더 보러 오겠습니다. 아, 그림 값을 두둑하게 낼 사람을 데리고 올 수 있으면 그렇게 하겠습니다." 그가 막 나가려는 참에 K선배가 화랑으로 들어왔다. 그는 K선배에게 가볍게 목례를 하고는 밖으로 나갔다. 나는 그를 잡지도 K선배를 소개하지도 못한 채 어정쩡하게 서 있었다. K선배는 내게 눈짓으로 물었다. "누구인지 나도 잘 몰라요." "왜 오라고 한 거야?" "선배가 저 사람을 만나야 할 것 같아서요." K선배는 "개막일에도 왔던 사람 같은데" 하고 고개를 갸웃거렸다. "그래 뭐라던데?" "그냥 그림만 둘러보고 갔어요." 나는 K선배라면 최소한 그를 알아보고 인사를 나눌 줄 알았다. 그는 어느 미술 평론가보다 예리하게 그림을 볼 줄 아는 사람 같았다. 나는 이미 전시회를 통틀어 내가 그린 〈청향〉 외에 볼 만한 그림이 없다고 생각하고 있었다. 그가 내 그림을 알아봐주었을 때 나는 몸이 얼어붙는 것 같았다. 내가 〈청향〉만이 유일한 그림이라고 생각하는 것은 그 그림만 아무런 말도 하지 않는다는 이유에서였다. 내가 그렸지만 나 역시 그 그림에 대해서 아무것도 알지 못하기 때문이었다. 다른 그림들은 모두 존재 이유가 있었고, 왜 그려졌는지, 그 의미와 가치가 무엇인지 스스로 말하고 있었다. 작품의 주제가 숨어 있는 듯했지만 사실은 온통 다 까발려져 있었다. 그 그림들에서는 아무런 목소리를 들을 수 없다. 그러나 역으로 오직 〈청향〉만 말한다. 비록 그것이 침묵일지라도. 만약 그가 〈청향〉을 보면서 느끼지 않고 그림을 설명해달라고 했더라면 나는 그의 뺨을 후려쳤을 것이다. 그러나 그는 멍하니 응시할 뿐 내게 묻지 않았다. 그가 물은 것은 다만 자기의 느낌을 내게 전달하고픈 하나의 제스처였다. 전시 기간 내내 그 누구도 〈청향〉 앞에서 멍하니 서 있는 사람이 없었고 그 그림을 누가 그렸는지 알려고 하지 않았고, 내게 그림 설명을 부탁해 오는 사람도 없었다. 〈청향〉은 그저 방치된 채 한구석을 차지하고 있었을 뿐이다. 내가 그룹전 멤버임에도 화랑 직원처럼 나와 서 있는 것처럼. 〈청향〉도 나도 전시회 밖에 있었다. 유독 그만 내 그림을 알아봐주었다. 나는 그를 다시 만나면 반드시 연애하고야 말 것이다. 그는 나의 바람대로 자주 전시회를 보러 와서는 〈청향〉 앞에 머물다 떠났다. 전시회가 끝나고 한 달쯤 돼서 K 선배가 놀란 목소리로 내게 전화를 걸어왔다. H 신문에 그룹전 기사가 대문짝만하게 났다는 것이다. K 선배의 노력으로 그룹전은 지방 도시 여러 곳에서 초청을 받아 전시회 일정이 삼 개월이나 늘어났다. 그 바람에 서울 전시가 끝났어도 아직 뉴스로 다룰 만했지만 H 신문이 문화면 톱으로 내보낼 만한 이유는 없었다. 나는 전화를 끊고 편의점으로 가 신문을 샀다. 문화 섹션 1면 통으로 전시회 평이 실려 있었다. 〈청향〉이 신문의 반가량을 차지하고 있었다. K 선배가 놀라서 전화한 것은 그룹전이 대대적으로 홍보되고 있다는 기쁨 때문이 아니었다. 어떻게 나의 그림이 마치 그룹전을 대표하는 양 신문을 장식하고 있는지 기가 막혀서였다. K 선배가 수년간 공을 들여 그린 〈평화〉라는 작품이야말로 H 신문사가 다룰 만한 작품이었다. 어느 평론가는 그 작품을 피카소의 〈게르니카〉에 비교했고 다른 매체에서는 테러와, 테러에 맞서는 또 다른 폭력에 대항하는, 평화적 혁명을 희구하는 작품이라며 떠들썩했었다. 그런데 H 신문의 기사에는 오로지 〈청향〉에 대한 찬사 말고는 없었다. 그 찬사라는 것도 그림에 대한 분석이나 화가에 대한 소개는 일절 없고 거의 대부분을 원론적이라고 해야 할 예술론을 서술하는 데 할애했고, 그저 〈청향〉은 침묵의 향기로 말할 뿐 메마른 표면 속에 숨은 폭포를 드러내지 않고 있다는 말로 끝을 맺고 있었다. "그 사람이 그 사람이래." K 선배가 소리쳤다. "너 그놈한테 얼마나 잘했기에 그래?" "뭘 말씀이죠? 그 사람이 그 사람이라뇨. 그리고 제가 뭘 어쨌는데요." "나에게는 그 사람 소개조차 안 시켰잖아." 그가 바로 그였다. 가끔 화랑에 와서 〈청향〉 앞에서 멍하니 있다가 떠난 사람. "선배, 선배도 모르는 사람을 제가 어떻게 알고 소개를 하죠?" "처음엔 그랬지만 자주 왔으면 나에게도 인사를 시켜야지." "나는 늘 선배를 불렀어요. 그 사람이 K 선배와 마주쳐도 그냥 나갔잖아요, 번번이. 나더러 어쩌라고." "야, 너 그놈 조심하라더라. 킬러란다. 너 같은 애송이 킬러. 유명하대, 이 바닥에선. 끼 있는 여자애들은 전부 잡아먹었다더라." 나는 더 이상 K 선배와 이야기를 나눌 기분이 아니었다. 나는 그를 알지 못했다. 다만 그가 내 그림을 알아봐주었기 때문에 이제 내가 그를 알아볼 참이었다. 그러나 나는 그를 K 선배를 통해 알고 싶은 생각은 추호도 없었다. 그리고 나는 그의 이름도 연락처도 그가 무엇을 하는 사람인지도 몰랐다. 다만 이제 그가 미술에 대해서도 영향력을 끼칠 수 있다는 것만 알게 되었을 뿐이다. 나는 신경질적으로 휴대전화 폴더를 소리 나게 닫았다. 그리고 배터리를 뽑아 침대 위로 던졌다. 그냥 자고 싶었다. 국전에 낼 그림들을 표구점에 맡기러 나가야 했지만 내일로 미루고 침대에 쓰러졌다. 달콤한 행복감이 밀려왔다. 나는 곧바로 잠이 들었다. 그룹전과 국전 때문에 뼈 속에 박혀 있던 피로들이 스르르 빠져나가는 느낌이었다. 대신 야릇한 흥분과 불안감이 밀려왔다. 나는 초콜릿 같은 악몽 속으로 숨어들었다. 아무리 무서워도 깨어나지 않으리라. 두렵고 떨려도 나는 잠을 포기하지 않을 것이다. 나는 곧 그를 다시 만나게 될 것이다. 그리고 그의 품에 뛰어들 것이다. 잠 속에서 나는 중얼거렸다. 맑고 서늘한 향기가 잠 속으로 밀려들었다. 잠 속에서 그와 함께 화랑을 나와 인사동에서부터 창덕궁에 이르는 길을 걸었던 추억이 되살아났다. 처음 봤을 때 그의 옷차림은 털털한 이웃집 아저씨로 보일 정도로 평범했다. 그러나 두번째 그가 나를 찾아왔을 때—그렇다. 그는 분명 일부러 나를 찾아온 게 틀림없었다.—는 지나칠 정도로 말쑥하게 차려 입었다. 예술가들뿐만 아니라 이 분야에 관련된 사람들은 비평가든 기자든 대체로 헐렁한 옷을 입고 다녔다. 청바지에 사파리 차림이 흔히 볼 수 있는 복장이었고, 무릎이 튀어나온 면바지에 색이 짙은 콤비가 주종을 이루었다. 그런데 그는 달랐다. 외국 브랜드로 보이는 슈트를 빼입고 나타난 것이다. 화랑에 오기 위해 일부러 차려입은 것은 아닌 것 같았다. 다른 볼일을 보고 나서 시간이 남아 들른 듯했다. 도대체 저런 차림새로 어딜 다녀오는지 궁금했다. 나는 급히 선배들에게 문자 메시지를 보냈다. 그날 K선배는 지방에 강의하러 갔고 근처에 있을 만한 다른 선배들에게 차례로 문자 메시지를 날렸다. 그는 나에게 가볍게 목례를 하고는 곧장 전시실로 들어갔다. 그리고 〈청향〉 앞에 머물러 있었다. 그림 옆에는 사진이 걸려 있었다. 나는 〈청향〉이 어떤 밑그림에 의해 그려졌는지 보여줄 목적으로 일부러 사진을 옆에 걸었다. 선배들이 말렸지만 나는 이 그림이 사실은 사진을 모사한 것이라는 것을 드러내고 싶었다. 사진을 베끼는 행위는 부도덕한 짓으로 여겨지고 있지만 요사이 풍경화나 인물화는 사진을 재현하는 경우가 허다했다. 그러나 이를 드러내는 화가는 없었다. 나는 그와 얘기를 나누면서 내가 거울을 보고 자화상을 그린 것도 아니며 상상으로 그린 것도 아니고 단지 사진에 박혀 있는 내 모습을 이해하려는 의도에서 그렸다는 것을 분명히 하고 싶어졌다. 나는 화랑 직원들을 귀찮게 하면서 〈청향〉의 전시 틀을 약간 바꾼 뒤 사진을 같이 걸었다. 그는 〈청향〉과 사진을 번갈아 보았다. 거기엔 두 개의 '나'가 있었다. 사실 사진과 그림은 약간 달랐다. 사진에서는 머리칼이 흘러내려 오른쪽 눈을 살짝 가리고 있었고, 그림은 두 눈을 빤히 뜨고 정면을 바라보고 있다. 사진은 좀 퇴폐적인 분위기였고, 그림은 맑고 투명한 배경에 한 여자의 얼굴이 물에 번져 어른거리는 듯했으나 뭔가 갈망하는 듯한 표정을 드러내고 있었다. 내가 왜 그렇게 그렸는지는 알 수 없다. 아마도 인물화에서 늘 그리듯이 두 눈을 다 보이게 만들고 순간적인 포착이라는 사진의 특성을 죽이고 정지한 모델을 시간을 두고 그리는 회화의 특징을 좀더 살렸을 뿐이다. 하지만 두 개의 전시품은 하나의 느낌으로 보였다. 서로 다른 구도였지만 모두 다 텅 빈 듯한 느낌이었다. 나의 눈에서 시선이 떠나 어딘가를 향해 날아가 박혔을 테지만 그 대상은 보이지 않고 대신 눈빛이 빠져나간 뒤 텅 빈 듯한 내 얼굴만 남아 있었다. 내가 왜 저런 모습을 하고 있는지 알 수 없었다. "이 여자는 그저 형식으로만 존재하고 있는 듯하군요." 그가 입을 열었다. "예술은 근원에서부터 그 자체로 형식일 뿐이지 않나요?" 이전과 다르게 나는 곧장 대꾸했다. 그와 대화해봐야겠다는 충동이 강하게 일었다. "텅 빈 형식에 과연 무엇을 채우려는 걸까요?" "아기를 낳고 싶

어요." 그는 몸을 돌려 나를 뚫어져라 쳐다보았다. 그리고 웃었
다. 당신은 자기 속에 무엇을 담고 싶은가요. 나는 속으로 물었
다. "아무튼 이 그림이 삼인칭으로 읽히지 않아서 좋습니다. 그
냥 일인칭인 게 좋아요. 굳이 자신을 객관적 대상물로 바꾸지 않
고 자서전적으로 고스란히 드러내놓고 있으니까요. 무방비 상태
로." 그는 〈청향〉에게만은 전통적인 비평 방법을 쓰지 않았다.
그는 내 그림을 거꾸로 읽었다. 나는 그와 다른 평가에 대해서는
아예 귀를 닫아야겠다고 생각했다. 비록 그가 잘못되었을지라
도. "밖으로 나갈까요." 선배들이 나타날 때까지 최대한 그를 붙
들고 있어야 했지만 그는 도무지 다른 것에는 관심이 없어 보였
다. 그는 나의 팔을 살짝 이끌며 나를 앞세우고 화랑을 나왔다.
그리고 계속 걸었다. 창덕궁까지 걸어갔다가 다시 그 길을 되짚
어 돌아왔다. 산책이 끝났을 때는 어둠이 도시를 점령했다. 배가
고파왔다. 잠에서 깨자 새벽이었다. 저녁에 그를 만났는데 벌써
새벽이라니. 그랬다. 그날 나는 그와 잤다. 저녁을 먹고 다시 걸
었다. 테이크아웃 커피를 손에 들고 이야기를 계속했다. 그와 나
는 쉬지 않고 떠들었고 간간히 웃었다. 어느 순간엔 속이 터져라
웃어댔다. 그는 유머가 풍부했다. 정장을 멋지게 차려입는 그의
태도는 매우 신사다웠다. 건널목을 건널 때나 골목에서 자전거

가 지나갈 때 자동차가 무리하게 속력을 낼 때 매우 섬세한 동작으로 나를 자기 쪽으로 잡아당겼다. 하지만 내가 억지로 끌려가고 있다는 느낌은 전혀 들지 않았다. 저절로 그의 몸 쪽으로 내가 기울고 있다는 느낌이었다. 비원 앞 공원에서 그가 멈췄다. 바람이 매우 쌀쌀했다. "왜 그림을 그리죠?" 그가 물었다. "당신은 왜 사랑에 빠지나요?" "글쎄요. 사랑이라고 느낄 땐 이미 너무 늦죠." "저도 그림을 그리고 있는 나를 발견할 뿐 왜 그리는지 되묻지 않아요." "그림을 그리지 않는 시간에는 뭘 하죠?" "그림을 상상하죠." "중독 증세가 심각하군요." "그 틈에 다른 것도 하니까 너무 걱정 마세요." "연애는 자주 하나요?" "나랑 자고 싶어요?" 나도 모르게 그렇게 묻고 말았다. 하지만 그가 처음 내 그림 앞에 멍하니 서 있을 때부터 나는 그렇게 묻고 싶었는지도 모른다. 내 그림에 몰입하는 남자라면 그저 원 나이트 스탠드일지라도 함께 잘 수 있었다. 그는 씩 웃었다. 나는 말끔한 정장 속에 숨은 그의 몸을 보고 싶었다. 완벽하게 몸을 가리고 있어서 오히려 더 관능적으로 느껴졌다. 그는 이 도시와 잘 어울렸다. 나는 도시 느낌이 나는 남자가 좋다. 그가 헐렁한 옷을 입었을 때보다 빡빡하고 꽉 짜인 듯한 옷차림일 때가 더욱 자극적이다. 그는 나를 그림을 보듯 멍한 눈길로 오래도록 바라보았다. "전시회를 같이 하는 선배들과 잤어요. 당신과도 그럴 수 있나요?" 나는 그가 거절할 빌미를 주고 싶었다. 대부분의 남자들은 섹스 파트너가 여럿인 여자를 꺼려했다. 그런 것에 개의치 않는다면 그는 분명 바람둥이일 것이다. 그는 다시 한 번 날 향해 웃으며 말했다. "그게 당신이라면요." 그는 자신의 취향을 뚜렷하게 대답했다. 그는 잘 노는 여자보다는 순진한 여자들을 유혹하는 스타일이다. 그런데 나만은 예외로 하겠다는 뜻이다. 나는 잘 노는 여자도 순진한 여자도 아니지만 그가 날 거부하지 않는다는 게 좋았다. 그는 나를 예외로 인정했다. 사실 그가 찾고 있던 것도 바로 이런 기분 좋은 예외였을 테지만 말이다. "가까운 곳으로 가서 어서 해요." 내가 말했다. 그와 나는 손을 잡은 적도 입을 맞춘 적도 없었다. 곧장 섹스를 하게 될 것이다. 그가 날 유혹하는 시간 따위는 별로 필요하지 않다. 그가 날 알아봤으므로 그것으로 족하다. 그는 다른 화가들 사이에서 가장 막내인 날 불렀다. 그리고 내 그림에 푹 빠졌다. 내 그림이 바로 나다. 그것으로 족하다. 나는 그와 끝나더라도 아무런 미련 따위가 남지 말았으면 한다. 내가 그를 사랑하고픈 만큼 열렬히 사랑하면 그뿐이다. 그는 택시를 잡았다. 남산 꼭대기로 갔다. 서울이 내려다보이는 방이었다. 내가 황홀한 듯 야경을 보고 있자 뒤에서 그가 들어왔다. 벌거벗은 채 서울의 밤 풍경을 보면서 숨을 몰아쉬고 있자니 통쾌한 기분이 들었다. 바람이 불어와 머리칼을 날렸다. 그는 난간 손잡이를 붙들고 쉼 없이 나의 몸을 들락거렸다. 그는 멈출 줄 몰랐다. 아마도 나는 세 번쯤 오르가슴을 느낀 것 같다. 그는 끝까지 사정을 하지 않았다. 마지막엔 내가 입으로 세게 빨아댔지만 그는 다음에, 다음에 할게요, 하면서 절정을 늦췄다. 그 뒤로 만나면 섹스만 했다. 다른 걸 할 이유를 찾지 못했다. 그가 날 원하는 이유는 단지 그것뿐이라고 생각했고 그래서 좋았다. 그는 한 번도 나를 섹스 파트너로 대한 적이 없고 그와 내가 만나서 하는 일이라곤 섹스 말고는 알량한 예술 토론뿐이었지만 그것이 내겐 더없이 좋았다. 전시회를 같이 하는 선배들이나 그림 그리는 동료들과는 도대체 말이 통하지 않았다. 그래서 가끔은 그냥 섹스를 했다. 몸이라도 좀 친밀해지기 위해서였다. 내가 만나는 사람들이라곤 그림 그리는 사람들뿐인데 그들 말고 다른 데서 섹스할 상대를 찾는 것도 괴로운 일이었다. 나는 정말 제대로 파트너를 만났다. 무슨 말이든 다 통하고 어떤 짓을 해도 아무런 거리낌 없는 남자를 만난 것이다. 그리고 나는 이를 사랑이라고 부른다. 많은 남자를 만났지만 한 번도 내가 먼저 자고 싶다는 느낌을 받은 적이 없었는데 그만은 달랐다. 내 그림을 완전히 꿰뚫어보았고 나를 텅 비게 만들었다. 그는 나를 통과해서 다시 내 앞에 섰다. 나는 그가 어떤 사람인지 묻지 않았다. 그가 결혼을 했는지 애인이 있는지 여러 명의 섹스 파트너가 있는지 따위는 알 필요가 없었다. 그저 그를 완벽하게 즐길 수 있다면 그만이었다. 나는 오르가슴을 느끼며 그에게 사랑한다고 소리쳤다. 그 순간에는 그 말밖에 할 수 없었다. 그래서 행복했다. 그는 어설프게 자기도 그렇다고 대답했다. 나는 그런 대답 따위는 아무렇지도 않았다. 차라리 그가 아무 말도 하지 않을 때가 더 매력 있었다. 그가 쉽게 사랑 고백을 한다면 재미가 덜할 것 같다. 하지만 그가 더 이상 내게 골몰하지 않는다는 것을 알게 되었을 때 나는 죽을 것 같았다. 생전 처음 열렬하게 몸을 원했던 남자였는데 그가 더 이상 내 몸에 열중하지 않는다고 느끼는 순간 나는 그를 죽이고 싶었다. 그가 정확하게 언제 내게서 시선을 돌렸는지 또 그게 누구인지 알지 못한다. 다만 그가 언제든 내게서 시선을 거두고 다른 여자에게 향할 수 있다는 것을 알았을 때 좀 놀랐다. 그것은 그가 내게 싫증을 느껴 다른 여자에게 눈을 돌리는 게 아니라 나에게 푹 빠져 있는 순간에도 아니 오히려 그 때문에 다른 여자를 욕망한다는 사실을 깨달았기 때문이다. 그가 나와 만나기 시작한 지 한 달이 채 되지 않았을 때 나는 그와 함께 매튜 바니의 전시회를 보러 간 적이 있었다. "오전 열한시까지 한강진 역에서 봐요. 열한시에 시작한다니까 조금만 더 일찍 나오세요." 내가 문자 메시지를 보냈을 때 아마도 그는 여자들 틈에 끼여 술을 마시고 있었을 것이다. 그는 일방적으로 전시회를 구경하고 싶다는 말에 주저 없이 같이 가겠노라고 말했다. 밤늦은 시간에 누구와 문자질이냐고 놀리는 여자들의 말에는 아랑곳하지 않았으리라. 그런 면에서 그는 나에게 충실했다. 다른 여자들과 나는 늘 구별되었다. 나는 정말 특별했다. 그러나 그 허상은 한순간에 깨지고 말았다. 나의 특별함은 오직 다른 특별함이 나타날 때까지만 유효했다. 두 개 이상의 특별함이 공존했을 때 나의 특별함이란 빛을 잃었다. 그 특별함은 오직 하나뿐이라는 의미에서만 특별했기 때문이다. 그는 두 시간밖에 못 잤다며 피곤한 얼굴로 나타났다. 한눈에 잠을 못 잤다는 티가 났다. 여자들과는 두시쯤 헤어졌고 집에 왔는데 잠이 오질 않아 책을 보다가 케이블 방송을 보고 글을 좀 썼다고 했다. 그는 이번 달에는 주로 공연 비평을 썼다. 우리나라의 연극은 참을 수 없다는 것이 그의 생각이었다. 연극 평을 쓰면서도 거의 보러 가지 않았다. 이미 평가가 내려질 만큼 내려진 연극에 대해서만 짤막하게 논평을 할 뿐이었다. 다만 창작극일 때는 가능하면 보러가려고 애썼고 그때마다 실망해서 돌아왔다. 그는 늘 돼먹지 않은 연출가들이 작가노릇을 하고 있으며 우리나라엔 제대로 된 희곡작가란 단 한 명도 없다고 악평을 쏟아냈다. 곁들여 영화는 빠르게 나아지고 있지만 돈만 낭비하는 영화들도 너무 많다고 욕을 했다. 어쩌면 그는 문학이나 미술과 같은 아주 개인적인 작업을 통해 완성되는 예술 행위만을 진짜 예술이라고 생각하고 있는지도 모른다. 그는 시와 소설 아니면 회화나 조각 같은 고전적인 것에 이끌리는 경향이 있었다. 인터넷에다 아무런 정신도 느낄 수 없는 허접 쓰레기 같은 글을 올리는 사람들을 맹렬하게 씹었다. 역에서 만나 한참을 걸었다. 날씨가 청명했다. 그는 날 만날 때 차를 가지고 나오는 일이 드물었다. 교외로 나간다면 모를까 그는 서울 한복판에서 운전을 하느니 차라리 몇 시간이라도 걷겠다고 말했다. 하지만 그는 정작 걸을 일이 있으면 택시를 잡아타고 시간을 절약하는 게 가장 중요한 일이라는 식의 태도를 보였다. 그리고 차가 막힐 때면 택시를 탔는데도 빨리 갈 수 없다는 걸 참을 수 없어했다. 그는 지식인이 일상생활에서는 얼마나 얄팍한 속물로 변할 수 있는가를 아주 잘 보여주는 표본이었다. 이런 점을 들어 내가 그를 놀리기라도 하면 그는 마치 십대 소년처럼 수줍게 웃으며 "인생 뭐 별거 있어, 다 그런 거지"라며 부끄러움을 감추지 않았다. 그래서 나는 그가 좋았다. 그는 최소한 솔직했다. 자기의 잘못을 잘 알고 있었다. 물론 단 한 번도 그걸 고치려고 하지는 않았지만 말이다. 길은 매우 조용했다. "이렇게 고요한 동네도 다 있군" 하면서 그는 천천히 걸었다. "여긴 부자동네니까요." 나는 그보다 앞서서 걸었다. 그는 둘레둘레 주위를 살피며 걸었다. 신문에 미술평을 쓰는 사람이 이곳에 와본 적이 없을까 싶었다. 매튜 바니의 전시회는 우리나라에서 가장 큰 기업의 미술관에서 열렸다. 그는 대학 시절 이 기업에서 운영하는 미술관에서 윌리엄 터너 전시회를 구경한 적이 있다고 말했다. 지금까지 본 그 어떤 전시보다 기억에 남는다고 했다. "대형 캔버스가 나를 압도한 적은 그때뿐이었어. 그 뒤로 고흐나 피카소도 날 흥분시키지 않았어. 차라리 화집에서 복제화를 보면서 상상하는 게 더 나았어." 그런데도 그는 전시회 관람을 즐겼다. 그는 인공적인 것, 기계적인 것을 더 좋아한다면서도 인간이 땀 흘려 만든 것에는 경의를 표했다. 차가 다닐 수 있는 널찍한 골목길은 한가했고 조용했다. 바로 앞에 큰 도로가 있어 그렇게 시끄러웠는데도 이곳만은 같이 걷고 있는 사람의 숨소리가 들릴 만큼 고요했다. 그는 고요 속을 걷는 게 행복하다고 말했다. 미술관에 도착해 표를 끊고 지나칠 정도로 친절한 안내를 받았다. 그는 구시렁대면서 이 기업의 고객 만족 서비스는 역겨울 뿐이라고 토로했다. 매튜 바니의 영화가 상영되는 곳까지 전시실을 돌고 돌아 걸어갔다. 그와 나는 맨 뒷자리에 앉았다. 바로 옆에는 연인으로 보이는 젊은 남녀가 앉아 있었다. 음악인지 기계음인지 분간이 안 될 만큼 큰 음향이 들려왔다. 비요크의 음악이었다. 그녀는 라스 폰 트리에 감독의 영화 〈어둠 속의 댄서〉의 여주인공이자 음악을 맡았던 사람이었다. 또 바니의 애인이기도 했다. 영화를 보는 동안 그는 나에게 키스를 하려고 했다. 나는 고개를 돌려 그를 피했다. 나중에도 그는 여러 번 키스를 시도했지만 번번이 실패했다. 영화가 끝날 때쯤부터는 비어 있던 내 옆자리에 어떤 여자가 앉는 바람에 그는 키스하려는 행동을 멈출 수밖에 없었다. 영화를 보고 나와서 그의 드로잉전을 둘러보았다. 〈구속의 드로잉〉이 1번부터 12번까지 전시되고 있었다. 그는 건성건성 보는 듯 마는 듯 전시물 앞에 오래 머물지 않고 금방 지나갔다. 나는 좀더 자세히 보고 싶었으나 그와 보조를 맞추기 위해 서둘러야만 했다. 그는 작품보다는 오히려 작품 설명에 관심이 많은 듯 설명하는 글귀는 다 읽는 듯했다. 그가 하는 일과 관련이 있으니 그렇겠지 하고 생각했다. 영화를 보는 데는 꽤 시간이 걸렸지만 정작 전시관을 돌아보는 데는 불과 이십 분 정도밖에 걸리지 않았다. "어때요?" 내가 묻자 "그런 건 돈만 좀 있으면 누구나 해. 그의 사상도 남들이 다 외치는 그런 거고" 하고 그가 대답했다. "성적 차이를 없애자느니, 인간은 원래 남녀가 분리되지 않고 암수가 한몸이었다느니, 인간과 동물이 반반씩 섞여야 한다느니, 인간은 자연을 돌아봐야 한다거나, 생태환경을 조성하자느니, 모피를 입지 말자거나, 동물을 학대하지 말자, 뭐 이런 거 다 웃겨." 그는 신랄하게 말했다. "당신은 차이를 인정하자는 주의인가요?" 내가 물었다. "차이가 있거나 없거나 상관없어. 남자는 그냥 남자고 여자는 그냥 여자니까. 인간은 인간이고 다른 생물들은 다른 생물일 뿐이지. 근원적으로 그것이 다 같은 것에서 분리해서 나왔든 아니든 난 그런 건 상관없다고 봐. 원시예술에서 미술, 음악, 시가 나왔으면 이 모든 게 다 하나였다고 주장한들 지금 무슨 소용이지?" "꼭 실용적인 목적이 있어야 근원을 이야기할 수 있나요?" "난 지금이 오히려 근원이라고 생각해." "무슨 말이죠?" "근원도 지금과 같았을 거야. 그러니까 인간은 인간이고 다른 것은 다른 사물일 뿐이고, 남자는 남자, 여자는 여자인 거지. 지금이 기원이야." "그래서 그림도 복제화가 원작인가요?" "글쎄 원작은 원작일 뿐이야. 원작이라고 해서 진짜 그림이고, 복제화라고 그림이 아닌 것은 아니잖아. 만약 오랑주리 미술관에 있던 모네의 〈수련〉이 수년간 위작이 전시되어 있었다고 쳐. 그렇다고 해서 그 그림이 관람객에게 끼친 감동을 가짜라고 말할 수는 없어. 화집에 인쇄된 고흐의 〈해바라기〉도 마찬가지야. 우리나라 감상자들이 원본을 보려고 꼭 암스테르담에 갈 필요는 없지." "아무튼 이번 전시회에 대한 당신의 소감은요?" "예술의 중심이 파리였을 때가 절정이었지. 뉴욕으로 옮겨 와서는 너무 천박해졌어. 예술가가 좀 이상한 짓을 하거나 최신 유행인 사유(사조, 사고)에 민감하면 다 추켜세우지. 제프 쿤트의 포르노나 매튜 바니의 그것이나 별로 다르지 않아 보여. 인상주의는 예술을 근원적으로 바꾸어놓았어. 그 뒤로는 그저 뒤샹 정도야. 앤디 워홀도 재밌지만 그놈 때문에 그 뒤로 나오는 놈들은 다들 웃기지." 그는 팝아트나 설치 중심의 미술에 대해 심한 거부감을 갖고 있었다. 그는 최소한 그림이란 화가가 땀 흘려 캔버스에 무언가를 그리는 행위가 없으면 안 된다는 식의 고정관념을 가지고 있었다. 나는 그의 현대적이지 못한 편견과 선입견이 맘에 들었다. 아마도 내가 아직도 캔버스를 버리지 못하고 옛날 방식으로 그림을 그리고 있기 때문인지도 몰랐다. 그는 미술관 주위의 공간을 마음에 들어했다. 주차 건물 옥상에서 넋을 잃고 아래를 내려다보았다. 주위의 집들은 고급스러웠고 아름다웠다.

옆 건물 역시 무슨 문화공간인 듯 보였고 빨간색 관광버스 한 대가 서 있었는데 영국의 명물인 시내버스를 연상시켰다. "이래서 자본주의가 좋아. 돈으로 만든 인공 문화 공간이 얼마나 사람을 매혹시키는지." 그는 아무렇지도 않게 자본주의를 찬양했다. 나는 그가 얼마나 부자인지 모른다. 다만 그는 가난한 예술가는 아니다. 그렇지만 그가 정말 자본주의를 즐기는 보보스인지는 아직 잘 모르겠다. 적당히 예술을 옹호하면서 상류층으로서의 교양을 과시하는 족속들 말이다. 하지만 나도 돈이 많다면 일보다는 예술애호가가 되어 삶의 여유를 즐길 것이다. 그러니 함부로 자본주의에 대한 견해를 내비쳐서는 안 된다. 자본주의에 대해서 말하기 시작하면 일상적 삶과 이데올로기 사이에 얼마나 심한 괴리가 있는지 낱낱이 발가벗겨지니까 말이다. "작품 설명을 작품보다 더 주의 깊게 보던걸요?" 나는 그의 냉소적인 태도가 어디에서 기인하는지 알고 싶었다. "아무것도 아닌 작품에 뭔가 심오한 게 있는 듯이 떠들어대는 게 우스워서 본 것뿐이야. 요즘 예술은 작품은 없고 비평만 있어. 비평이 좋으면 작품도 좋은 것처럼. 정말 웃기지. 작품은 없는데 비평은 점점 더 예술적이 되어 가고 있어. 정말 웃기지도 않아서." 그는 더욱 냉소적으로 내뱉었다. 현대적인 것이 아니면 예술이 아니라는 식의 태도를 보이던 그가 첨단이라고 불리는 매튜 바니의 작품을 신랄하게 비판하는 것이 이해할 수 없었지만 그의 태도는 오히려 날 매혹했다. 가장 잘 나가는 예술가를 맘놓고 욕을 할 수 있다니 멋있어 보였다. 그런 사람이 한 명쯤 있다는 것도 꽤 괜찮은 일 아닌가. 그와 내가 아주 천천히 미술관 주위의 공간을 즐기고 다시 골목 길을 내려오고 있었을 때 영화관에서 보았던 여자가 옆을 지나쳐서 갔다. 그는 그 여자를 흘끗 돌아보았다. 그 여자는 영화관에서 두 번씩이나 들락거리는 바람에 눈에 띄었었다. 그도 그 여자를 보았을 것이다. 여자는 매우 늘씬했고 어깨에 숄을 두르고 매우 짧은 치마에 부츠를 신고 있었다. 한 예술하는 여자라는 느낌이 절로 풍겼다. 말할 것도 없이 무용하는 여자였다. 몸에서 춤추는 태가 확연히 드러났다. 나는 분명 레즈비언일 거야, 하고 속으로 지껄였다. 그가 그 여자에게 이끌리고 있다는 것을 직감적으로 느꼈기 때문이었다. 나의 예상대로 그는 나중에 그 여자를 다시 만나게 되고 사랑에 빠지게 되었다. 그 여자의 공연에 초대되었고 마지막 공연 후 나와 함께 참석한 뒤풀이 자리에서 대화를 나누었기 때문이다. "늘 한 박자씩 늦더군요. 아니 반 박자나 사분의 일쯤." 그가 말했을 때 그녀는 자지러지게 웃었다. "무용 평도 하시나요? 대개는 잘 모르는데. 아니, 보이니까 알긴

알죠. 다만 그게 나라는 건 잘 몰라요. 아니 아니다. 제발 몰라주
길 바라는 거죠, 내가." 그녀는 매우 털털하게 웃으며 대꾸했다.
그는 그 여자가 여러 무용수들 가운데 늘 한 박자씩 빠르거나 늦
는 여자라고 알아봐주었다. 나를 〈청향〉의 그림 속 그 여자로, 그
것을 그린 바로 그 여자로 알아봐주었듯이. 이제 그와 그녀가 연
애질하는 꼴을 두고봐야 할 일만 남은 것이다. 그는 여자에게 무
얼 좋아하느냐고 물었고, 여자는 와인을 마시고 싶다고 말했다.
그는 같이 앉아 있던 사람들에게 맥주 집에서는 마실 만큼 마셨
고 배도 부르니 와인 바로 옮기는 게 어떠냐고 제의했다. 다들
좋다며 일어섰다. 십여 명이 마실 만큼 와인을 주문한다면 상당
한 돈이 나올 것이다. 그런데도 아무런 대책 없이 이 사람들을
다 끌고 와인을 마시러 가겠단 말인가. 나는 기가 막혔다. 우리
나라 풍습으로는 밥 먹거나 술 마시자고 제의한 사람이 돈을 내
는 것 아니던가. 그는 이만 한 비용을 지불하고서라도 그 여자를
소유하고 싶은 모양이었다. 나는 그만 빠질까 하다가 그냥 따라
나섰다. 그가 사는 술을 왜 내가 거부해야 한단 말인가. 나는 그
와 마주보는 자리에 앉았고 그 여자가 그의 옆자리를 차지했다.
나는 예전에도 여러 사람들과 술을 마실 때 그와 딱 붙어 앉지
않았다. 그와 사귀게 된 뒤 K선배를 비롯한 전시회 멤버들과 두

어 번 술자리를 함께했었다. 그는 K 선배를 여러모로 도와주었다. 그룹전은 그의 도움으로 지방에서도 열렸고, 내년에도 2차 전시를 계획하게 되었다. K 선배가 그가 오직 나에게만 혜택을 준다고 몰아세웠지만 정작 그의 도움을 받은 것은 그쪽이었다. 물론 H, D, O 등도 그의 도움으로 일이 잘 풀렸다. 나는 왜 그가 그들에게 선의를 베푸는지 알 수 없었다. 아직까지 내 그림은 팔 아주지 않으면서도 그들의 그림은 증권가의 큰 손들에게 팔아 주었고, 심지어 외국인에게도 다리를 놓아주었다. 그는 그들의 그림을 거의 쓰레기처럼 생각하고 있었는데도 말이다. 어쩌면 그것이 그가 B급 예술가들을 대하는 태도인지도 모른다. 너희들은 재능이 없으니 예술가 대접보다는 장사꾼 대접이 어울린다는 식이었다. 하지만 나도 작품을 팔고 싶고 유명해지고 싶다. 그러나 그는 나의 그런 속물적인 욕심에 철저히 무관심했다. 아니 오히려 너는 나를 얻었으니 하찮은 것을 구하지 말라는 식이었다. 그의 오만방자함은 하늘을 찔렀다. 그런데 이제는 무용하는 여자에게로 관심이 옮겨 갔다. 분명히 내가 옆에 있는데도 그 여자에게만 눈길을 주었다. 그 여자를 향해서만 웃음을 흘렸다. 나는 다 알고 있었다. 그것이 나와 내 그림을 향해 열중해 있었을 때 그의 모습이었다. 나는 미칠 것 같았다. 비참해서 죽을 것 같았다. 내가 뻔히 보고 있는데 나를 옆에 두고도 다른 여자에게 열중하는 모습까지 보여주면서 나더러 어쩌란 말인가. 이 꼴 저 꼴 보기 싫으면 떠나라는 것인가. 아니면 이런 이중플레이를 꾹 참고서 그의 곁에 남아 있으란 말인가. 이도 아니면 나도 같이 즐기자는 말인가. 도대체 그를 어디까지 이해해야 한단 말인가. 술자리가 파하고 무용하는 여자가 그의 귀에 대고 말했다. "우리 집에 가서 와인 더 할래요?" 그 소리는 내게도 들렸다. 그렇게 큰 소리로 다 들리게 말할 거면 왜 귀에 대고 말하는지 모르겠다. 나는 택시를 잡았다. 그가 그 여자의 집에 들어가는 것까지 지켜볼 이유는 없었다. 집에 들어가서 샤워를 하고 나오자 휴대전화가 울렸다. 그였다. 여러 번 전화했는데 받지 않았다고 말했다. 나는 샤워를 했다고 대답했다. 그는 방금 집에 도착했다고 말했다. 나는 왜 와인을 마시러 가지 않았느냐고 물었다. 그는 와인을 마시러 가면 그 여자와 자게 될 것 같아서라고 대답했다. 그는 항상 솔직했고 너무 솔직해서 재수없었다. "그게 목적 아닌가요?" "여자랑 자게 되는 건 어쩔 수 없는 일일 뿐 그게 목적은 아니야." "어쩔 수 없다니요. 그 여자랑 자고 싶어 안달이었으면서." "너와 만나는 동안은 아니야." "그럼 곧 나와 헤어지겠군요." "아직 그런 생각한 적 없어." "개소리 말아요. 피나 바우쉬가 어쩌고, 슈슈 발츠가 어쩌고, 니진스키가 어쩌고 하면서 다 나를 꼬실 때 쓰던 수법 아니에요?" "무용수와 대화를 하려면 어 쩔 수 없이 그런 얘기를 하게 될 뿐이야." "화가를 꼬실 때는 그 림 얘기를 하는 것처럼 말이죠." "잠시 내가 딴 여자에게 정신을 팔았다고 생각하고 그냥 넘어가면 안 돼?" "그냥 잠시라고요? 그럼 나도 잠시뿐이겠군요." "그만 하자. 잘자." 그는 전화를 끊 었다. 그를 만나는 두어 달 동안 나는 여러 번 딴 여자 때문에 마 음고생을 했다. 그는 분명 나와 만나지 않는 날이면 다른 여자를 만났다. 그냥 여자의 직감이었다. 그는 언제나 현재의 여자에 대 해서만은 솔직하지 않았다. 다 과거의 여자들일 뿐이라고 발뺌 을 했다. 어쩌면 내가 잘못 알았을 수도 있다. 비록 지금 그에게 다른 여자가 없다 해도 나는 알고 있다. 그가 가까운 미래에 다 른 여자와 사랑에 빠지게 되리라는 것을. 그러나 이건 좀 빨랐 다. 물론 그 시기가 뒤로 늦춰질 수도 있다. 하지만 일 년이냐 이 년이냐 아니면 한 달이냐 그것이 중요한 것은 아니었다. 그가 다 른 여자에게 갈 때 내가 얼마나 상처받게 될 것인가가 문제였다. 그래서 많은 여자들이 애인이 바람을 피우더라도 제발 자기에게 들키지만 말았으면 하고 비는지도 모른다. 내 앞에서 다른 여자 에게 열중하는 모습을 본다는 것은 정말 지옥 같았다. 나는 좀

이를지도 모르지만 그를 떠나야 할 때가 되었다고 느꼈다. 그리고 꽤 오랫동안 아플 것 같았다. 그리 쉽게 잊을 수는 없을 것이다. 그는 한 번 더 과거를 반복할 것이다. 그는 조용한 웃음으로 그녀를 유혹할 것이고 그녀가 직접 행위하는 춤보다 더 현란한 언어의 춤으로 그녀의 정신을 뒤흔들 것이다. 그녀는 심지어 자신의 아름다운 몸조차 한낱 부끄러운 것쯤으로 여기게 될지도 모른다. 그는 모든 감각적인 몸짓을 넘어설 정도로 깊이 있는 지성으로 그녀를 감싸안을 것이다. 그녀는 그에게 굴복할 것이다. 굴복하지 않는다면 그녀에겐 지성이라고는 없는 것이 될 테고, 자기도 그와 함께할 만큼 지성을 소유했다거나 최소한 그런 지성을 갈구하고 있다는 것을 증명하기 위해서라도 그와 대화하기 (실은 단지 그의 말을 경청하는 것에 불과하겠지만)를 거부하지 않을 것이다. 그에겐 이 모든 것이 그저 반복적으로 일어나는 것일 뿐 그닥 새로울 것이 없었다. 하지만 대상이 바뀌면 언어와 행위도 그에 맞게 달라지듯이 새 여자를 만난다는 것은 늘 새롭고 신비한 실험을 감행하는 것과 같았다. 그는 이 실험을 즐겼다. 가끔은 까다로운 대상을 맞아 적응하는 데 꽤 시간이 걸리고 그로 인해 막대한 에너지를 쏟고 고통을 겪을지라도 그는 그녀가 무릎을 꿇을 때까지 실험을 멈추지 않았다. 그야말로 늘 승리가 보장

되는 실험이었다. 만약 그녀가 끝까지 패배를 인정하지 않는다면 단지 그녀가 그의 유혹을 쾌락으로 인지하지 못할 만큼 지성이 모자란 것으로 치부하면 그뿐일 테니 말이다. 그는 늘 같은 행위를 반복함으로써 새로움을 만끽했다. 그는 결코 지치지 않았으며 끊임없이 여자들을 유혹했다. 가끔은 그녀들이 지닌 매력이 그의 기대에 미치지 못할 때도 있었지만 그는 그가 그녀들에게 들이는 시간과 에너지를 적절히 조절함으로써 그가 대상을 잘못 고른 것에 대한 적자를 메웠다. 그런 면에서 탁월한 수학자였다. 아니면 완벽하게 실험물의 질량을 조절하는 화학자였다. 그리고 타고난 예술적 안목은 그의 지성에 덧대는 화려한 장식이었다. 그는 무용수를 잠시 잊은 듯 여전히 나에게 사랑한다고 말했고 자주 만나서 데이트를 했다. 그는 나를 남산이 보이는 호텔로 자주 데리고 갔고 멋진 저녁 식사를 한 뒤 침대 위에서 몇 번이나 까무라치도록 해주었다. 내가 그 호텔을 잊지 못하는 것은 초콜릿 바가 있었기 때문이었다. 그곳에는 각종 수입 초콜릿이 진열되어 있었다. 그는 초콜릿이 성욕을 증가시킨다며 떠들곤 했지만 거의 손도 대지 않았다. 나는 초콜릿 음료를 마시는 걸 좋아했다. 가끔은 술을 한두 방울 떨어뜨린 걸 마셨지만 좀 씁쓸하게 느껴질 정도로 원액 느낌이 나는 것을 좋아했다. 사람들은 그와 나를 블랙커플이라고 불렀다. 두 사람 다 검은색 옷을 즐겨 입기도 하지만 그는 커피라면 사족을 못쓸 정도였고 나는 열성적인 초콜릿 마니아였다. 그는 술보다는 커피 중독이었다. 밥을 먹고 커피를 못 마시면 금단현상을 보이기까지 했다. 커피도 한 가지 종류만 즐기는 것이 아니라 이른바 다방 커피로 불리는 인스턴트까지 가리지 않고 즐겼다. 누가 커피를 어떻게 타면 좋겠느냐고 물으면 그냥 이 집 방식으로 타달라고 대답했다. 그는 커피라면 무조건 다 즐기는 스타일이었고 결국 커피에 대해 아무런 취향도 없는 사람이었다. 아무 술이나 마구 퍼마셔서 중독된 사람과 다를 바 없었다. 그것은 젊은 시절 외국에서 공부하면서 항상 커피 마실 돈을 걱정했기 때문인지도 모른다. 그는 책 살 돈과 커피 마실 돈을 걱정해야 하는 일만 없으면 다시 가난한 유학생으로 돌아가고 싶은 심정이라고 말했다. 내가 보기에도 그는 외국생활이 더 어울릴 것 같았지만 안타깝게도 자신이 우리나라를 너무 사랑한다고 떠벌렸다. 그는 단 한 번도 내게 외국어로 말한 적이 없었다. "초콜릿 중에서 어떤 종류가 가장 많이 팔리는 줄 알아요?" "글쎄 아무래도 선물용으로 잘 쓰는 게……." 그는 딱딱한 껍질 속에 액체가 든 프랄리네 초콜릿 이탈리아산 페레로를 가리켰다. 제법 눈썰미가 있었다. 아니면 애인이 바뀔 때마다 선물했을지도 모른다. "빙고. 꽤 잘 맞추네요. 하지만 실제로 가장 잘 팔리는 건 초콜릿 바예요. 왜 마스mas 있죠? 그러니까 자유시간 핫브레이크 이딴 거 말이에요. 배고플 때 딱이죠." "으윽, 낭만이라곤 없네." "대중적으로 잘 팔린다는 건 미적인 측면이 좀 약하죠?" "초콜릿은 역시 관능적으로 먹어야 해." "작고 오돌토돌한 초콜릿을 깨물었을 때 물컹하고 액체가 흐르면 짱이죠." "발렌타인데이엔 페레로를 산처럼 쌓아놓고 먹자고." "초콜릿으로 목욕하고 싶어요." "그걸 나더러 다 핥으라는 건 아니지?" 나는 그의 옆구리를 세게 찔렀다. "다른 남자들도 그 정도는 다 해요." 그는 화난 표정으로 날 바라보았다. 그는 다른 남자들과 비교당하는 걸 죽기보다 싫어했다. 나는 가끔 그를 자극하는 걸 즐겼다. 그는 내게 어느 초콜릿이 가장 맛있느냐고 물었다. 나는 웃으며 고개를 가로저었다. "초콜릿을 싸고 있는 황금색 종이가 너무 좋아요." "은박지에 그림을 그린 화가처럼?" "아뇨, 그냥 이 황금종이에 날 싸서 선물로 보내고 싶어요. 달콤하게 날 즐겨보라고요." 나는 그를 바라보았다. 눈물이 날 것 같았다. 나는 그를 유혹하고 있었다. 그것은 내게도 치명적인 덫이었다. 나는 그를 유혹해서 내게 묶어두고 싶었다. 그가 날 향유하도록 날 온전히 느끼고 사랑하도록 늘 내 곁에 있도록 만

들고 싶었다. 그가 나를 미칠 듯이 욕망하기를 빌었다. "이제 포
장지를 벗길 시간인 것 같은데." 그는 나의 허리에 손을 두르고
밖으로 나왔다. 커피를 마시며 바게트와 샐러드로 저녁을 떼웠
다. 그와 나는 적당히 술을 마시는 게 밤을 즐겁게 보내는 데 도
움이 될 거라는 생각에서 일치했다. 와인 바에서 나는 그에게 물
었다. "당신도 여자와 헤어지면 마음이 아파요?" "가끔은." "왜
늘 그렇지는 않죠?" "깊은 상실감을 주는 여자는 별로 없었어."
"혹시 꼭 잡아야 하는 여자였는데 부주의해서 헤어진 적도 있나
요?" "아주 가끔은." "그땐 어땠어요?" "무척 괴로웠어. 내가 정
말 그 여자를 사랑한 것일까 되묻게 돼. 좀 슬프고 한동안 몹시
우울해." "그냥 그 정도인가요?" "여자에게 차이고 울었던 적도
있어. 한동안 다른 여자를 못 만날 정도로. 하지만 다른 여자를
만날 수밖에 없어. 그래야 잊을 수 있으니까. 하지만 그렇다고
그 문제에서 벗어나는 것은 아니야. 새로운 여자에게 만족할 수
없는 경우엔 더 심각해져." "나와 헤어진다면요?" "몹시 괴롭겠
지. 난 너랑 헤어지지 않아." "다른 여자와 날 같이 만나는 건 싫
어요." "그러지 않아." "당신은 늘 그래왔잖아요. 그리고 앞으로
도 그럴 거고." "설령 그런다 해도 난 널 사랑해. 변하지 않아."
"그 정도로는 내가 만족 못해요." "왜 내게 집착하는 거니?" "사

랑하니까요. 근데 왜 당신은 내게 집착하지 않죠?" "난 충분히 집착하고 있어. 더 이상은 감당할 수 없어." "내 존재가 부담스러워요?" "아니, 그냥 좀…… 널 만나면 극단적으로 이끌리는 느낌이 들어. 참을 수 없어, 나를." "내가 적당히 즐길 만한 파트너가 못 돼 미안해요." 그는 좀 우울한 표정이 되었고 나는 말을 멈추었다. 그날 밤 그는 내 몸에 초콜릿 시럽과 와인을 부었고 한 방울도 남기지 않고 핥았다. 발가락 사이에 묻은 초콜릿 시럽을 빨았을 때는 온몸이 부르르 떨렸다. 침대가 와인으로 벌겋게 젖은 모습을 보면서 나는 내 몸에서 피가 철철 흘러나오고 있는 것만 같아 무서웠다. 그는 짐승처럼 나를 탐했다. 시간이 정지한 것 같았다. 하지만 그게 마지막이었다. 쾌락은 순간일 뿐 지속되지 않았고, 남은 것은 단지 과거와 추억뿐이었다. 그와의 추억이 단지 상처로만 기억되는 것은 아니다. 나는 그를 꽃으로 기억한다. 나는 국전을 앞두고 스트레스가 심각한 상태였다. 다행히 국전 끄트머리 상을 받게 되었다. 나는 소식을 듣자마자 그에게 전화를 걸었다. 그는 나보다 더 기뻐했다. "난 꽃 들고 축하하러 올 사람이 하나도 없는데……." 내가 말을 흐리자 그는 잠시 생각에 잠기더니 "꽃돌이가 필요하시다?" 하고 되물었다. 영향력 있는 미술계 인사가 나의 국전 입상을 축하하기 위해 손수 꽃을 들고 온다는 것은 상상하기 힘든 일이었지만 그래서 더욱 흥분됐다. 아직까지 그와 내가 공식적인 커플이 아니었고 그가 나를 위해 위험을 무릅쓸 만한 아무런 이유가 없었다. 나는 그가 꽃을 들고 나타남으로써 우리가 사귀고 있다는 것을 주위에 알리고 싶었다. 더 이상 K 선배를 비롯한 그림 그리는 남자들이 나에게 잠자리를 요구하는 일이 없었으면 했다. 그가 있으니 이젠 더는 필요 없었고 그러면 그들도 납득을 하고 물러날 것이다. 그들은 내가 섹스 파트너로서는 얼마나 적당한지 경험으로 충분히 알고 있었다. 나는 남자들에게 아무것도 요구하지 않았다. 대신 그들의 욕망을 같이 즐길 줄 알았다. 그것으로 서로 족했다. 그런데 이젠 그들과 다시 잠자리를 하고 싶지 않았다. 내가 한 남자를 사랑하고 있다는 것을 알리고 싶었다. 혹시 그와 헤어지더라도 다시 돌아가고 싶지 않았다. 아니 다시 돌아갈 수밖에 없을지도 모르지만 지금은 정말 아니었다. 나는 국전 시상식장에서 그를 기다렸다. 그는 식이 끝날 때쯤 도착했다. 세러머니라면 정말 질색하는 사람이었다. 뒤풀이장에서 그는 여러 사람들과 인사를 나누었다. 나보다 그를 알아보는 사람이 더 많아 보였다. 이른바 윗사람들이 그와 알은척하느라 바빴다. 아마도 그가 외국의 화상들과도 연이 닿기 때문일 것이다. 고가의 미술품 거래는 환율에도 영향을 미칠 만큼 중요한 일이니 윗사람들이 신경을 쓸 만도 했다. 나는 그와 눈인사를 나누었을 뿐 정식으로 인사조차 못 했다. 그가 나 때문에 이곳에 왔다는 것을 다른 사람이 알까 궁금했다. 나는 가능하면 그와 너무 멀리 떨어지지 않도록 신경을 썼다. 그가 다른 사람들과 무슨 이야기를 나누는지 궁금했다. 사람들이 그에게서 정말 뭘 원하는지 알고 싶었다. 누군가 그에게 여기는 어쩐 일이냐고 물었다. 그는 축하해줄 사람이 있어서 온 것뿐이라고 말했다. 질문을 한 사람은 그에게 어떤 작품이 가장 눈에 띄는지를 물어보고 싶은 모양이었다. 그는 대답을 피했다. 질문자가 계속 독촉을 하자 그는 국전엔 전혀 관심이 없고 대체로 쓰레기들뿐이며 자기가 여기 온 것은 축하할 사람이 있어서 온 것이라고 신경질적으로 말했다. 질문자는 그렇다면 축하받는 사람 역시 쓰레기를 그려내는 사람이냐고 비아냥거렸다. 그는 그럴 수도 있지만 자기가 축하하려는 사람은 이미 좋은 작품을 그리고 있으며 국전은 커리어 관리상 필요해서 이용하는 것뿐이라 대꾸했다. 나는 속으로 웃었다. 그가 나를 언급하는 것이 기분 좋았고 그가 국전 관계자에게 독설을 퍼붓는 모습이 통쾌했다. 나는 그가 나를 위해 꽃을 들고 나타나지 않은 것에 대해 용서하기로 했다. 사실 꽃을 든 남자는 왠지 초라해 보이지 않는가. 뭔가 여자에게 구걸하러 온 듯한 거지상이 아닌가. 나는 국전에 아무도 초대하지 않은 것을 기뻐했다. 가족이나 친구들에게도 전화하지 않았다. 오직 그에게만 소식을 알렸다. 어차피 대상이 아닌 바에야 그렇게 크게 내세울 것도 아니었다. 물론 그룹전을 같이 했던 선배들과 몇몇은 내가 국전에 입상했다는 것을 알았다. 그러나 아무도 나를 축하하러 오지 않았다. 그들은 마치 내가 국전에서 상을 타는 일 따위는 일어나지조차 않았다는 식으로 스스로를 세뇌했으리라. 그럴수록 기분이 더 날아갈 것 같았다. 그들은 출세하려고 그림을 그렸지만 자기 실력으로 출세하지 못했다. 내가 그들에게 우월감을 느낄 수 있는 유일한 근거는 나는 그림 그리는 게 좋아서 그린다는 것뿐이며 싫어지면 언제든 그림을 그만둘 수 있다는 자신감 때문이었다. 나는 그에게 내가 그림을 그리는 여자여서 흥미가 있는지 내가 특별한 여자라서 좋은지 물어봐야겠다고 생각했다. 그는 약간 예술가 타입의 여자들을 선호하는 경향이 있었으니까 말이다. 어느 정도 시간이 지나자 그가 내게 다가와 축하한다고 정식으로 인사를 했다. 나는 고맙다고 대꾸했다. 그와 나는 몇 번 잔 적이 있지만 아직까지 서로 애인이라고 부를 만한 뭔가가 빠져 있었다. 그저 좋은 감정을 가지고 가끔 만나는 사이 정도였다. 정말이지 몇 번 잤다고 자기와 상대가 무슨 특별한 관계라도 되는 양 떠벌리고 다니는 사람들은 천박하기 짝이 없다. 적어도 서로가 서로를 애인이라고 말할 만한 증표가 필요했다. 그래서 좀 우스꽝스럽지만 그에게 꽃을 들고 와달라고 한 것이었다. 그는 비록 빈 손으로 왔지만 나 때문에 왔다는 것을 확실하게 보여주었다. 다른 누군가에게가 아니라 나와 자기 자신에게 말이다. 나는 그의 애인은 아닐지언정 최소한 그에게 좀더 다른 의미를 지닌 사람이 된 것만은 확실했다. 지금은 그것으로 충분했다. 하지만 그에게 더 깊이 빠진다면 그 이상의 것을 원하게 될지도 모른다는 생각이 들었다. 그리고 그 뒤로 나는 점점 더 그에게 빠졌고 그를 점점 더 갈망했고 나중엔 그의 전부를 원했다. 하지만 그에게 빠져들수록 그는 점점 더 달아났다. 손으로 빠른 물살을 잡으려는 것 같았다. 그는 날랜 물고기처럼 내 지문 사이를 빠져 달아났다. 그가 다른 사람들과 얘기하는 동안 나도 많은 사람들과 인사를 나누었다. 그룹전에서 나의 그림을 본 사람들은 국전 그림과 사뭇 다르다고 입을 모았다. 나는 전통적인 화법도 소중하게 생각하고 있지만 내 나름대로 그리는 것도 중요한 일이라고 생각한다고 다소 외교적인 발언을 했다. 개중에는 한 화가의 작품은 일관성이 있어야 하지 않느냐고 꼬집었다. 나는 그냥 웃었다. 내가 국전을 출세의 방편쯤으로 여기고 있다고 그 사람이 비난하더라도 상관 없었다. 사실 어느 정도는 맞았다. 나는 내가 그림을 내 맘대로 그리기 위해서는 어떤 라이센스가 있어야 할 필요성을 자주 느꼈다. 특히 우리나라와 같은 폐쇄적인 사회구조 속에서는 더 그랬다. 그리고 수많은 화가들이 그것 때문에 고통받았지 않은가. 나는 내가 국전에 입상한 적이 없는 화가라고 해서 실력이 없다고 평가받고 싶지는 않았다. 하지만 이번이 내 마지막 국전 참가가 될 것이다. 나는 국전을 통해 내가 전통적인 화법으로도 충분히 그림을 그릴 수 있다는 것을 보여주고 싶었을 뿐이지 국전에서 대상을 타고 싶은 생각은 추호도 없었다. 국전 대상이란 그렇게 그리겠다고 광고하는 것뿐이니까 말이다. 나는 앞으로도 여러 가지 방법으로 그릴 것이고 내가 그릴 대상은 무궁무진했다. 그는 땀 흘려 그리지 않고 기발한 아이디어나 이미 유행하는 첨단 사조(그런 것이 있다면 하고 그는 단서를 달았다)에 기대어 뭔가 특별한 것이 숨어 있는 양 제스처를 취하는 작품은 쓰레기라고 단언했다. 나는 그냥 내 힘껏 그릴 생각이다. 나는 느낌대로 그림 그리는 것을 좋아한다. 그것뿐이다. 그가 그런 나를 격려했을 때 나는 그를 사랑하리라 마음먹었다. 나의 그림을 보는 그의 시선을 향해 그림 속의 내가 손을 내밀었다. 그는 내 손을 잡았고 나의 손에 입맞추었다. 사랑은 그렇게 시작되는 것이다. 그가 갑자기 내 곁으로 오더니 어서 여기서 나가자고 말했다. 그는 나와만 같이 있고 싶다고 했다. 나는 먼저 나가면 곧 뒤따라 나가겠다고 대답했다. 그는 방문객이니까 언제든 가고 싶을 때 갈 수 있겠지만 나는 관계자들의 눈치를 봐야 했다. 갑자기 수상자가 사라져버리는 것도 예의가 아니었다. 나는 행사 책임을 맡고 있는 진행자에게 가족 중 하나가 병원에 있어서 그만 나가봐야 한다고 양해를 구하고 행사장을 나왔다. 그는 멀찌감치 서서 나를 기다리고 있었다. 일간지 미술담당 기자 하나가 따라나와 내게 연락처를 물었다. 나는 연락처를 가르쳐주면서 기자와 잠깐 얘기를 나눴다. 그 시간이 정말이지 너무 길게 느껴졌다. 어서 그의 품에 안기고 싶다는 생각뿐이었다. 그는 차를 가지고 나오지 않았다. 멀찌감치 서서 나를 기다리고 있었다. 기자는 내게 사적인 관심이 있는지 말을 계속 이어나가려고 했다. 나는 어쩔 수 없이 거짓말을 한 번 더 반복했다. 기자는 곧 전화하겠다고 말하고는 내게서 떨어졌다. 내가 고개를 절레절레 흔들면서 다가서자 그가 벌써 유명세에 시달리는 것 아니냐며 놀렸다. 나는 오늘 같은 날엔 차를 몰고와 근사하게 호텔로 데려가야 하는 것 아니냐고 되받아쳤다. 그는 차를 수리하기 위해 맡겼다고 말했다.

"입만 열면 거짓말이군요. 하지만 와줘서 너무 기뻐요." 나는 그를 향해 활짝 웃었다. 그는 내 기쁨의 원천이었다. 그는 천천히 앞서 걸었다. 나는 너무 피곤하니까 택시를 타고 호텔로 가자고 말했다. 그는 오히려 같이 걷고 싶다고 말했다. 나는 샴페인 몇 잔을 마시고 좀 알딸딸했다. 어서 커다란 호텔 침대에 눕고 싶었다. 하지만 그는 걷기만 했다. 취해서 비틀거리며 걷는 것도 나쁘지는 않았다. 그가 나를 일부러 보러왔던 날 그와 나는 몇 시간 동안 걸으며 이야기를 나누었다. 아마도 그는 나와 처음으로 데이트를 했던 날로 돌아가 그 시간들을 다시 한 번 즐겨볼 심산인 것 같았다. 나는 피곤했지만 큰 소리로 떠들면서 걸었다. 전철역을 지나칠 때 그는 한 번도 같이 전철을 탄 적이 없지 않았느냐고 물었다. 생각해보니 그런 것도 같았다. 그는 내 팔을 잡아끌고 전철역으로 내려갔다. 나는 전철을 타고 싶지 않다고 말했다. 지금 시간엔 차도 별로 막히지 않으니까 택시를 타고 남산에 있는 호텔로 가서 와인을 마시며 서울을 내려다보면서 소리를 지르고 싶다고 말했다. 그는 전철에서도 소리를 질러보라며 날 잡아끌었다. "국전에 입상하더니 서울을 정복한 느낌인가보네." "그래요. 난 충분히 축하받을 만해요." "훌륭해, 당신은." 나는 그가 처음으로 그렇게 말해주어서 기뻤다. "당연하죠. 예전부터 늘 훌륭했으니까요." "그래 맞아." 늘 시니컬한 투로 말하는 그가 처음으로 단 한 번에 내 말을 수긍했다. 기분이 정말 좋았다. 그는 전철 티켓을 두 장 샀다. 그리고 화장실 쪽으로 걸어갔다. 나도 오줌이 마려워 화장실에 들러야겠다고 생각하던 참이었다. 화장실 앞쪽으로 길게 늘어서 있는 로커 앞에 서더니 그는 호주머니에서 열쇠를 꺼내 건넸다. 37번. 나는 로커를 열었다. 거기엔 꽃다발에 들어 있었다. 붉은 들국화 무더기였다. 나는 꽃을 꺼내들고 소리를 질렀다. "와우! 꽃이네, 어쩜. 당신이 어쩌다 이런 생각을 다 했담." 나는 그에게 급하게 키스를 퍼부었다. 주위를 돌아볼 생각조차 못했다. "와우!" 나는 이 말을 계속해서 내뱉었다. 그가 날 보고 웃었다. 나는 소리나게 웃었다. 목젖이 다 보이도록 웃어 젖혔다. 나중엔 배를 움켜쥐고 웃었다. 허리가 아팠다. 그래도 웃음이 멈추질 않았다. 매우 짧은 시간이었지만 나는 그에게 꽃으로 존재했다. 나는 그를 꽃으로 기억한다. 붉은 빛을 내는 들국화는 화실에서 마르고 부스러질 때까지 남아 있었다. 어쩌면 그가 서너 명의 여자를 갈아치울 때까지도 그대로 있었으리라. 그는 춤이 생겨나는 순간 소멸하기 때문에 아름답다고 말했다. 오래도록 남아 있는 그림보다 순간적으로 태어났다가 죽는 춤이 더 강렬하고 아름다웠을지도 모른다. 아마 꽃은 그 중간쯤에 있다. 쉽게 없어지지 않지만 한동안 화려하게 피어나 기쁨을 선사하고는 시들고 말라 공기 중에 흩어진다. 사랑도 그러하리라. 꽃이 피어 아름다운 만큼 사랑도 사랑하는 그 시간만큼은 너무나 행복하고 아름답다. 사랑은 나의 밖에서 안으로 몰래 들어오는 이물질 같다. 독처럼 병처럼 잔인하고 지독하다. 그러나 그것을 앓고 있는 동안은 그 무엇과도 바꿀 수 없이 행복하다. 사랑은 타자로부터 온다. 아무리 내가 나를 사랑한다 한들 그가 나를 사랑하는 것에 비할 수 없다. 그리고 사랑이 타자에게서 오듯 고통도 그에게서 온다. 나는 그를 사랑했고 그 때문에 고통받았다. 하지만 나는 비겁하게도 그를 빨리 포기함으로써 고통을 줄였다. 나는 사랑하고 사랑받았던 시간만을 기억하고자 애썼다. 나는 그를 꽃으로 기억한다. 그래서 나의 상처는 아름답다.

3 행위들

욕망이 언제나 타자의 욕망이라는 사실은,
욕망이 상징적 질서에 종속되어 있어야만 하면서도
상징적 질서가 에워쌀 수 없는 어떤 것에 대한 갈구로서
남아 있어야 한다는 것을 의미한다.

—레나타 살레클

겨울이 거의 끝나갈 무렵 나는 홍대 앞에서 나를 만났다. (같은 맥락에서 나는 나를 만났다.) 만났다기보다는 처음엔 그저 보았다. 아니 발견했다고 말해야 할 것 같다. 나는 나를 보았다. 깜짝 놀랐지만 한편으론 너무나 반가웠다. 나의 이런 반응은 그야말로 주책이었다. 나는 그의 새 애인이었으니 말이다. 그동안 나는 나를 보고 싶어했다. 아무리 그가 바람둥이라지만 불과 한 달 사이에 나를 버리고 떠나갈 만큼 그를 사로잡은 여자라면 내게도 흥미를 불러일으키기에 충분했다. 어떤 여자이기에, 어떤 매력이 그를 매혹시켰을까 정말 궁금했다. 나는 나를 첫눈에 알아봤다. 어쩌면 이미 알고 있었는지도 모른다. 그가 나에게서 시선을 돌리는 순간부터 나는 내가 누구인지 금세 느꼈다. 그의 시선이 가닿는 곳을 내가 모를 수 없었다. 하지만 그때 나는 그런 사실을 차마 그에게 말할 수 없었다. 왜 나를 두고 떠나가려느냐고 따질 수 없었다. 그의 마음이 내게 있을 때엔 그토록 안달복달하더니 정작 그의 마음이 내게서 떠나자 아무런 말도 할 수 없었다. 나는 더 이상 그에게 사랑을 달라고 요구할 수 없었다. 다른 곳을 보고 있는 그에게 나는 아무런 말도 하지 않았다. 내게서 정말 떠났느냐고 확인하지도 않았다. 그는 더 이상 내 질문에 답해야 할 모든 것을 알고 있는 사람이 아니었다. 내가 그를 얼마나 열망하고 있는지 그는 더 이상 그런 것에 관심 둘 필요도 의무도 없었다. 이 모든 것은 이제부터 내가 감당할 몫이었다. 그는 이미 다른 여자의 욕망에 대해 궁금해 하고 있었다. 그 여자가 바로 나였다. 나는 나와 같았다. 단지 다른 이름으로 불리며 약간 다른 외모와 다른 말투를 썼다. 다른 버릇을 지니고 있었고 웃음소리가 달랐다. 그러나 나는 언제나 나였다. 그가 나를 사랑했을 때 나의 전부를 원하지 않았듯이 나를 사랑했을 때 역시 그러했다. 그는 나의 일부만을 소유할 뿐 여전히 나를 사랑했다. 나의 일부만이 그를 매혹했으며 그는 그만큼만 열렬히 사랑했다. 그는 나를 버리고 나의 일부를 향해 미친 듯이 달려갔다. 나는 나를 만나자 나의 외부에 있는 나(나)를 만난 것처럼 반가웠다. 머리 끄덩이를 잡고 싸워야 할 아무런 이유가 없었다. 그가 열광했던 나의 매력과 나의 그것이 다르다는 것만을 이해하고 나면 그 뒤에 남은 나의 모든 것과 나를 동일하게 느낄 수 있었다. 어쩌면 그는 나와 나에게서 같은 매력을 느끼고 똑같이 사랑에 빠졌는지도 모른다. 그러므로 나는 나였다. 하지만 나는 나와 다른 나의 매력을 확인하고 싶었다. 그 웃음소리와 얼굴에 떠오르는 미소와 옷 입는 스타일과 옷을 벗었을 때 드러나는 몸매를 느껴보고 싶었다. 그가 나에게서 맛보았던 모든 육체적 느낌을 나도 느껴보고 싶었다. 나는 약간 통통한 몸매를 지니고 있었고, 그다지 키가 크지 않았다. 대신 풍만한 가슴과 엉덩이, 시원해 보이는 얼굴과 짙은 눈썹을 지녔다. 눈이 컸지만 그다지 깊거나 우울하거나 눈물에 젖어 있거나 어디 먼 곳을 응시하는 듯한 꿈꾸는 눈은 아니었다. 전반적으로 보이시한 매력을 풍기는 커리어우먼 같은 인상이었다. 어찌 보면 사무실이 밀집한 광화문이나 종로, 강남의 테헤란로에서 흔히 볼 수 있는 캐릭터로 느껴졌다. 어느 부분이 그를 끌어당겼을까. 눈에 드러나지 않는 매력들이 있었는지도 모른다. 예를 들어 겉인상과는 다르게 매우 지적이거나 감성이 풍부하거나, 아니면 남자를 구속하는 데 능숙하거나, 청순가

련형이어서 보호해주고 싶다거나 혹은 매우 속물적이어서 오히려 그로 하여금 여자의 허영심을 만족시켜야만 하겠다는 정복욕과 같은 강박증을 불러일으켰을 수도 있다. 또 부자라거나 뒷배경이 대단하다거나 하는 상징적인 교환가치가 있었을지도 모른다. 그러나 그가 단순히 예쁜 여자만 쫓아다닌다거나 이러저러한 판에 박힌 매력을 지닌 여자들만 쫓아다니는 남자가 아니라면 나는 나를 넘어서는 뭔가를 지녔을지도 모른다. 하지만 그가 내가 나를 능가하기에 나를 버리고 나에게로 간 것이 아닌 것만은 분명하다. 그는 단지 약간의 차이를 즐기려고 잠시 혹은 계속해서 나를 떠나 나에게로 건너가는 것이다. 그런 면에서 그는 진정한 유목민이라고 할 수 있다. 어쩌면 남자의 욕망 자체가 유목민적 속성을 가지고 있는 것일 수도 있다. 욕망은 끊임없이 대상을 바꾼다. 그는 그런 정의에 가장 잘 맞는 인간 유형이었다. 다행이었다. 그저 나와 다르지만 그 자체로 나(나)인 여자에게로 그는 옮겨 갔을 뿐이다. 그를 다시 내 곁으로 불러오는 것은 허망한 일이다. 무수히 많은 내가 기다리고 있기 때문이다. 그는 다시 나에게로 떠나고 결국 그것은 또 다른 나에게로 돌아오는 것일 테니 말이다. 그는 정녕 나를 떠나 나에게로 돌아오는 이 무수한 반복을 얼마나 더 즐겨야 멈출 수 있을 것인가. 환유의 고리가 뫼비우스의 띠처럼 앞도 뒤도 없는, 입구도 출구도 없는 텅 빈 반복이라는 것을 과연 언제쯤 깨달을 수 있을까. 그는 마치 죽음이 임박한 사람처럼 나에게서 나에게로 옮겨 다녔다. 내가 나를 만났을 때 결정적으로 착각한 것이 있었다. 나를 그의 새 애인으로 여겼던 것이다. 나는 옷 가게를 둘러보며 눈이 빛나거나 미소 짓지 않았고 카페를 지나면서도 아무런 호기심도 보이지 않았다. 정작 나는 혼자였고 무료한 시간이 자기 곁에서 흘러가는 것을 그냥 가만히 내버려두고 바라보고만 있었다. 나는 혼자 테이크아웃 카페에서 느끼할 정도로 달콤한 커피를 사서 홍대 정문에서 조금 떨어진 작은 공원에 앉아 아주 천천히 조금씩 마셨다. 나는 그를 기다리고 있지도 않았다. 나는 초조하지도 불안해하지도 않았다. 대신 지나치게 권태로워 보였다. 나를 열광시켰던 사랑의 감정들이 태풍처럼 지나가고 난 뒤 마음의 폐허를 고스란히 아무런 부끄러움도 없이 무방비 상태로 드러내놓고 있었다. 그가 떠난 것이다. 그는 가속도가 붙은 자동차처럼 여자들 곁을 빠르게 스쳐갔다. 나는 내가 그랬듯 그를 붙들어둘 매력이 부족했거나 그만의 방식으로 사랑하는 것을 거부했거나 너무 많은 사랑을 주려 했거나 반대로 지나치게 그의 사랑을 갈구했으리라. 나는 내가 그와 사랑할 때 그랬던 어리석은 행위를 그대로 반복했던 것이다. 한순간 나는 나를 질투했던 시간들이 저주스러웠다. 나는 왜 나를 질투했단 말인가. 나를 배신하고 떠난 그에 대해서는 한없이 너그러웠으면서도 그를 사로잡은 나에 대해서는 죽일 듯이 미워했다. 여자는 늘 여자의 적이란 말인가. 어느 철학자의 말처럼 "적들이여, 적들은 어디에도 존재하지 않는다"라고 왜 말하지 못했는가. 나는 나에게 미안했다. 용서를 빌고 싶었다. 그를 나에게서 떠나보낸 탓에 내가 상처 입도록 했으니 말이다. 나는 그 상처를 갚고 싶었다. 내가 입은 상처를 위로하고 싶었다. 차라리 내가 되어 스스로 상처를 어루만지고 치료하고 싶었다. 나는 나에게로 가 나와 얘기를 나누고 싶었다. 말은 서로 친하게 만들고 마음을 통하게 하고 위로하며 상처를 싸매준다. 말은 그저 말뿐인 것만은 아니다. 말은 늘 행위를 불러온다. 나는 공원에 앉아 멍한 눈길로 어디에도 초점을 맞추지 못한 채 간간히 커피에 입을 댔다 뗐다 할 뿐이었다. 나도 테이크아웃 커피 한 잔을 샀다. 나는 나에게로 천천히 걸어갔다. "좀 앉아도 돼요?" 내가 말했다. 나는 아무 말 없이 엉덩이를 들어 내가 앉을 만큼 자리를 냈다. 한동안 나와 나는 다른 곳을 바라보며 커피를 마셨다. 나는 내가 커피를 다 마시고 다른 곳으로 달아나기 전에 말을 걸어야 했다. 무슨 말을 할 수 있을까. 나는 머뭇거리며 고민했다. "혹시 담배 있어요?" 정작 먼저 말을 한 것은 나였다. "미안해요. 난 담배를 피우지 않아서요." "나도 그래요. 그냥 오늘은 좀 피워도 될 것 같아서요." "사랑하는 사람이 떠났나요?" "네. 그게 사랑이라면요." "한때 정말 좋았다면 사랑이겠죠." "그럼 그런 거네요. 하지만 그는 날 갖고 놀았어요. 나 같은 여잘 좋아할 타입이 아니었는데." "당신이 어때서요." "그는 정말 훌륭해요. 다만 좀 나쁘지만요." "훌륭한 남자랑 연애했으니 좋았겠네요." "네. 그래요. 늘 그가 바람피우는 걸 봐야 하는 게 고통스럽다는 걸 빼면요." "그 정도는 감수해야죠." "맞아요. 근데 싫었어요. 나보다 훨씬 나은 여자들이었지만 그래도 싫었어요. 죽이고 싶었어요." "죽이지 그랬어요." 나는 짓궂게 말했다. 나는 내 얼굴을 빤히 쳐다보더니 "누굴요? 그 여자들? 아니면 그?" 하고 따지듯이 물었다. "뭐, 그렇죠." 나는 애써 아무렴 어떠냐는 식으로 대꾸했다. "날 죽이고 싶다는 생각뿐이었어요. 그를 사랑한 건 나니까요." "훌륭한 남자가 유혹하면 어쩔 수 없죠." 나도 모르게 체념한 듯한 목소리가 나왔다. "유혹에 빠지는 건 당연해요. 어떤 여자가 그를 거부할 수 있겠어요. 하지만 사랑하지는 말았어야죠. 그냥 좀 좋아하는 걸로 그쳤어야 해요." "그게 맘처럼 쉽나요, 어디." "근데 그는 어쩜 그렇게 잘 하죠?" "그는 남자니까요. 그에겐 당신이 중요한 게 아니라 당신이 여자라는 게 중요하니까요." "맞아요. 언제나 다른 여자로 바꿀 수 있죠. 근데 나더러 특별하다고 했어요. 그리고 정말 그렇게 대했어요. 물론 잠깐 동안이지만." 그는 나의 고객 중 하나였다. 나는 강남의 한 부동산 사무실에서 안내 데스크를 지키고 있었다. 사장이 그를 특별 고객이라며 데리고 와서는 나에게 차를 부탁했다. 원래는 내근직 여사원들이 담당했는데 그날따라 사장은 일부러 내게 차를 내오라고 했다. 차를 타서 사장실로 들어가자 그의 옆에 앉으라고 말했다. 나는 몹시 불쾌했다. 그런 일은 한 번도 해본 적이 없었고, 고객 미팅에 참석한 적도 없었다. 무슨 술집 종업원을 옆에 앉히는 듯한 기분이 들었다. 내가 엉거주춤 서 있자 사장은 그만 나가보라고 말했다. 그가 돌아갈 때 내게 명함을 달라고 요구했다. 그러고는 조만간 연락하겠다고 말했다. 그런 말을 하는 남자치고 연락을 해오는 남자는 별로 없었다. 그러나 나는 그의 전화를 기다렸다. 왠지 그래야만 할 것 같았다. 안내 데스크에 앉아 있다가 그가 들어오는 모습을 보고 자리에서 일어섰을 때 나는 이미 알고 있었다. 그가 나의 단골이 되리라는 것을. 단골이란 내가 자주 잠자리를 하는 남자들을 이르는 말이었다. 한동안은 사장이었고 얼마동안은 팀장, 나중엔 갓 들어온 신입이었다.

회사 내에선 나에 대해 수군거리는 소리가 높아졌지만 사장은 일절 내색하지 않았다. 사장은 이미 새로 들어온 명문여대 졸업생으로 옮겨간 지 오래였다. 그래서인지 내가 일부러 회사 내 다른 남자들에게 관심을 보이는 것에 무관심으로 일관했다. 그리고 이제 그를 데리고 온 것이었다. 그는 몇 건의 부동산에 투자했다. 나는 그런 일에 대해서는 잘 몰랐다. 그가 부자거나 아니거나 상관이 없었다. 대신 그가 언제 전화를 걸어와 나를 유혹할 것인가 기다려졌다. 그와 만나는 첫날 잘 것인가 아니면 몇 번 데이트를 한 뒤 잘 것인가 거기에 대해서만 고민했다. 그에게 전화가 왔고 나는 그날로 자야겠다고 생각했지만 그는 섹스를 요구하지 않았다. 두번째는 내가 전화를 먼저 걸었고 반드시 자야겠다고 생각했고 그도 요구했지만 정작 내가 거부하고 말았다. 대신 그의 차에서 진한 패팅을 나누었을 뿐이다. 이상하게 그 뒤로 그와 몇 번 잤지만 아무런 느낌이 없었다. 그도 그런 것 같았다. 하지만 그때부터 나는 그를 사랑하게 되었다. 섹스라면 모든 면에서 완벽했던 팀장이나 신입보다 좀 서툴고 정력적이지 못한 사장에게 끌렸듯이 나는 그에게 빠졌다. 늘 만나고 돌아올 때면 안타까운 여운이 남았지만 그래서 그에게 더 빠졌다. 이상하게도 그와 아무것도 소통할 수 없었는데도 그 때문에 더 갈증이 났고 그것이 더 나를 달아오르게 했다. 이상한 경험이었다. 그러나 그는 곧 내게 싫증을 냈다. 그는 다른 여자와는 만족할 만한 쾌락을 나눌 수 있었다면서 투덜거렸다. 내가 아주 좋은 섹스 파트너가 될 줄 알았는데 전혀 그 기대를 충족시켜주지 못했기 때문이리라. 대신 내게 더 나은 직장을 알아봐주었고 야간 대학에 다닐 수 있게 해주었다. 그는 앞으로도 더 많은 것을 해주겠노라고 말했지만 나는 더 이상은 받지 않겠다고 말했다. "나는 당신의 사랑을 원할 뿐이에요" 하고 몇 번을 말하고 싶었지만 결코 그렇게 하지 못했다. 자격지심 때문만은 아니었다. 그를 막을 수 없다는 것이 너무나 분명했기 때문이었다. 그는 나를 떠나 다른 여자에게로 가야만 했고 그가 원하지 않더라도 이미 그는 그것을 실천하고 있을 게 뻔했기 때문이었다. 어쩌면 그는 카사노바가 되기를 원치 않을지도 모른다. 그러나 그는 그것을 이미 행하고 있다. 왜냐면 그것을 꼭 해야만 하니까. 왜냐면 그는 카사노바니까. 나는 말을 마쳤다. 나는 긴 한숨을 내쉬었다. 다행히 나는 나만큼 그를 잘 알았다. 그를 경험했으면 그를 모를 리 없다. 나는 이미 내가 나를 알아보고 있었다는 사실을 다시 한 번 확인했다. "이제 어쩌죠? 그를 위해 뭔가 하면 좋겠어요." 내가 제안했다. 물론 나 역시 바라는 바였다. 늘 내가 먼저 나에게 제안하는 형국이었다.

"배고프니 뭘 좀 먹죠. 그 다음에 생각해요. 아니, 그러고 나서 뭘 해요." 나는 식당 '아지오'로 들어섰다. 나 역시 나를 따라 그곳으로 들어갔다. 내가 음식을 주문했다. 나도 음식을 주문했다. 나는 주문에 덧붙여 나를 요리해서 함께 접시에 담아달라고 말했다. 나 역시 그렇게 추가 주문을 넣었을 것이다. 나는 나를 먹을 참이었다. 어차피 내가 나인 바에야 내가 나를 먹어서 하나인 게 더 나았다. 나는 나를 바라보았다. 나도 날 바라보았다. 나와 나는 서로 나(나)임을 확인했다. 이미 서로 알아볼 수밖에 없었다. 그라는 매개자가 없었다면 모를까 그가 있는 이상 나는 나를 이미 오래 전부터 알아왔다. 나는 나였으니까 말이다. 나는 천천히 음식을 먹었다. 나도 역시 그랬다. 음식을 다 먹고 나자 나는 내가 되어 있었다. 내가 앉았던 곳이 텅 비었다. 내가 앉았던 곳은 좀 무거워진 것 같기도 하다. 나는 내가 먹었던 밥값까지 다 계산하고 아지오에서 나왔다. 이제 내가 내가 되었으니, 내가 나와 한 몸이니, 같은 육체를 입었으니 나(나)는 나(나)를 나나로 부른다. 이제부터 나(나)는 나나다. 나나는 길을 걸었다. 처음엔 발걸음이 약간 무거운 듯했지만 곧 익숙해졌다. 나나는 기분이 좋았다. 이제야 비로소 나나가 전부가 된 것 같았다. 이전엔 그를 열망하면서 그와 하나가 되기를 원했지만 그것은 서로의 차이만을 부각시켰을 뿐이다. 이제 나나는 온전히 하나로서 전부가 되었다. 나나는 매우 행복했다. 물론 나나는 다시 연애를 시작할 것이다. 뭔가 결여한 채 남자에게서 그 결여를 메우려는 헛된 시도 따위는 하지 않을 것이다. 이제 그의 일부를 나누어 갖고 그가 나나에게서 원하는 부분들을 그와 함께 나눌 것이다. 그가 나나에게서 무엇을 원하든 다 내어줄 수 있다. 그것이 나나의 전부가 아니라 나나의 일부일지라도 왜 당신은 나나의 전부를 원하지 않는가, 하고 질문하지 않을 것이다. 나나는 이제 그를 다시 만나더라도 결코 놀라지 않을 것이다. 그는 나나에게 사랑의 대화를 시도할 것이며 나나는 이를 즐겁게 받아들일 것이다. 그는 나나에게 매혹될 것이며 나나는 그와 즐거운 시간을 보낼 것이다. 나나와 그는 이상적인 커플처럼 보일 수도 있고 매우 나쁘고 사악하며 아주 뻔뻔스런 모습을 연출할지도 모른다. 나나 때문에 어느 여자인가가 상처를 입을 수도 있다. 그러나 그 대상이 나나인 것을 알면 통쾌하게 웃을 것이다. 나나는 모든 여자 그 자체니까 말이다. 그는 나나에게 푹 빠져 당분간 다른 여자를 거들떠보려고 하지 않을 것이다. 그가 나나에게 빠질수록 나나를 소유할 수 없을 것이다. 나나는 그에게 전부가 아닌 일부로서 존재하기 때문이다. 이제는 그가 나나에게 전부를 내어달라고 애원할 것이다. 그러나 나나에겐 전부가 없다. 아니 전부라고 속이며 내어줄 일부가 없다. 나나는 하나며 곧 전부 그 자체이기 때문이다. 벌써 오월이 되었다. 나나는 가을에 그와 통나무집에 가기로 약속한 적이 있다. 나나가 나(나)였을 때 한 약속이었다. 그는 나나가 아니었던 다른 나(나)와 통나무집에 갔거나 못 갔을지도 모른다. 겨울이 오자 나나가 아닌 나(나)는 그와 눈 내리는 광경을 황홀하게 바라보았을지도 모른다. 하지만 나나는 이제 나나가 아닌 나(나)는 더 이상 발생하지 않기를 바란다. 그에게 평온이 돌아오기를 빈다. 그는 이제 죽음을 맞이하게 될 것이다. 열정도 기쁨도 없는 너무나 고요해서 평화롭고 불안과 초조와 기다림이 없는 열반으로 옮겨갈 것이다. 그는 나나로 인해 평화로울 수 있을 것이다. 그것이 나나의 마지막 사랑이었다. 꽃이 피어나고 있었다. 오월에 그와 결혼을 한다면 매우 행복하리라. 나나가 나(나)였다면 정말 꿈꾸어볼 만한 일이다. 하지만 이제 불가능하다. 결혼하기보다는 그에게 죽음이 더 행복하리라는 생각이 든다. 마치 그를 죽이기라도 할 것처럼 말하고 있는 것 같아 우습다. 죽음은 그렇게 쉽게 겪을 수 있는 일이 아니다. 하지만 삶 속에 깃든 죽음과 친해진다면 곧 죽음을 사는 것, 죽음을 겪는 행위가 될 것이다. 나나는 그에게 친숙하지만 막상 마주하면 너무나 끔찍한 무無인

죽음을 보여주고 싶다. 나(나)였던 모든 여자들이 맛보았을 치명적인 독을 그에게도 선물하고 싶다. 이건 사사로운 복수도 증오도 아니다. 그의 사랑을 되돌려주는 나나의 방식이다. 그가 나나에게 주었던 사랑은 독이었다. 나나는 깊이 내상을 입었고, 이제 그에게 그 사랑을 돌려준다. 꽃피는 오월에 나나는 그를 찾아가 사랑을 나눌 것이다. 나나는 꽃이다. 나나는 피를 숨긴 꽃이다. 피와 독, 그가 마실 술잔이다. 나나는 아름답다. 그가 나(나)에게 매혹되었을 때 보았던 아름다움을 다 지녔다. 그가 여자에게서 구하는 모든 매력들, 그가 한 여자에게서 보는 그 여자보다 더한 그 무엇을 남김없이 보여줄 것이다. 그는 나나로부터 벗어날 수 없다. 그래서 그는 더 이상 이사를 하지 않고 정착할 것이다. 하지만 그게 나나라는 것을 알고는 무척이나 망설일 것이다. 나나에게 귀화할 것인가, 아니면 다른 여러 나(나)들을 향해 다시 망명할 것인가를. 하지만 더 이상의 나(나)들을 만나지 못할 것이라는 사실 앞에 그는 울음을 터뜨릴 것이다. 나나는 힘이 세다. 나나는 여자로서 그가 원하는 모든 것을 줄 것이다. 바로 그 모든 것이란 한낱 아무것도 아닌 것임을 증명함으로써 말이다. 오월, 젊은예술가협회는 작은 행사를 마련했다. '시와 음악과 미술과 행위가 있는 건축'이라는 다소 멋을 부린 이름의 이벤트였다. 젊은예술가협회는 휴전선 금방에 작은 사옥을 짓고 통일시대를 대비한 아지트를 만들고자 기금을 조성했고, 건축에 앞서 이벤트를 열게 된 것이다. 나나는 그 행사에 참가하기로 했다. 나나에겐 한때 작가로서, 화가로서, 무용수로서, 카페 종업원, 미용사, 사무직으로서…… 일했던 기억이 있다. 아무도 나나를 초청하지 않았지만 나나가 그 자리에 나타난다면 모두들 기뻐할 것이다. 그를 비롯한 많은 남자들이 나나를 보고 열광할 것이다. 나나는 그 남자들 가운데 그를 선택할 것이다. 물론 그도 나나를 가만히 두고만 보지 않을 것이다. 지금까지 그를 매혹시켰던 여자들의 총화가 앞에 나타났으니 오죽하겠는가. 나나는 행사일까지 그를 만날 준비를 했다. 나나는 시를 읽고 음악을 들었다. 가끔 전시회를 둘러봤으며 요가 테이프를 구해 몸을 구부렸다 폈다 했다. 그가 가장 열망하는 것이 아름다운 몸을 지닌 여자인 이상 나나는 몸을 가꾸는 데 게을리 하지 않는다. 나나는 여자가 남자와 다른 몸을 가지고 있다는 사실에 늘 감사한다. 성적 차이가 단지 문화적이거나 역사적인 것에 불과하다면 차라리 몸이 다르다는 점에서 영원히 극복할 수 없는 차이가 하나쯤 남아 있는 것도 괜찮을 듯싶었다. 생물학적 성을 넘어서는 것은 훌륭한 일이지만 그 차이 속에서 즐거울 수 있다면 나나는 철저하게 여자의 성으로 남아 있기를 원했다. 차이가 지워지는 것이 싫었다. 한 번뿐인 생이었다. 여자로 태어났다면 여자로서 즐거운 생을 살아야 할 것이다. 생물학적이든 유전적이든 남자와 여자는 다른 성을 지녔고 그 때문에 서로 열망하고 그래서 행복하고 슬프다. 암수한몸이 되거나 성적 차이가 전혀 없는 세계가 온다면 정말 지루할 것이다. 나나는 지금 여자라서 행복하다. 나나를 광고에 사용하고자 하는 자본주의자가 있다면 기꺼이 내주고 싶을 정도다. 나나는 그냥 여자로 남을 것이다. 만약 나나가 여자로서 남자인 그와 사랑할 수만 있다면 나나는 암컷의 속성을 버리지 않을 것이다. 다른 무엇으로 바뀌는 것을 원치 않는다. 남녀 간의 사랑의 불가능성 때문에 굳이 다른 것으로 바뀌어야 한다면 나나는 사랑을 기다려보겠다. 모든 사람들이 더 이상 이 세계에서 사랑이 불가능하다고 말할지라도 나나는 메시아의 도래를 기다리듯이 사랑을 기다릴 것이다. 이 생이 모자라면 다음 생에서라도. 나나는 그런 면에서는 낭만적 성향이 우세한 여자인 것 같다. 사랑을 아직 믿는다는 점에서는 분명 그렇다. 아무리 불가능할지라도 사랑은 온다. 나나는 오월의 봄날이라서 약간 흥분된다. 사랑이 온다. 좋은 말이다. 바람이 분다, 살아야겠다. 이런 시가 있다. 비가 온다, 사랑해야겠다. 이런 문구로 화답하리라. 봄이다, 사랑하리

라. 유치한 사랑의 말들이 나나를 기분 좋게 한다. 그날이 왔다. 나나는 간편하지만 맵시 있는 정장 스타일의 옷을 입었다. 거울을 보자 우아한 나나가, 보이시한 나나가, 왠지 좀 우울한 듯한 나나가, 메마른 듯한, 촉촉하게 젖은, 활달해 보이는, 수줍고, 명랑한, 수더분한, 느긋한, 민첩한, 온화하고 너그러운 나나가 서 있었다. 그리고 금방 알아챌 수 없는 특성을 지닌 수많은 느낌을 발산하는 나나가 서 있었다. 나나는 나나를 발견하고 기뻤다. 나나는 모델처럼 걸었다. 나나는 그때그때마다 나나 속의 특징을 꺼내서 그대로 행위하면 그만이었다. 나나가 원하는 것은 무엇이든 나나 속에 있었다. 나나는 그의 첫 여자의 느낌을 그리고 지금 사귀고 있는 여자의 느낌을 모두 내보일 수 있다. 나나는 가능한 그의 지금 애인과는 좀 다른 매력을 풍기고 싶었다. 그래야 그가 애인으로부터 나나에게 시선을 돌릴 테니 말이다. 행사장에는 이름을 알 만한 사람들이 많았다. 모두들 나나를 보고 인사를 했다. 심지어 나나가 이름을 알 수 없는 이들까지 나나를 향해 알은체를 해왔다. 나나는 그들에게 웃음으로 답했다. 보조개가 쏙 들어가는 귀엽고 앙증맞은 미소, 입술을 살짝 들었다 내려놓은 희미하지만 고혹적인 미소, 웃을 듯 말 듯하면서 고개를 살짝 숙이며 수줍게 미소를 감추었고, 약간은 비웃는 듯한, 약을 올리는 듯

한, 도도하면서도 새침하고, 성숙하지만 소녀 같은 미소를 그려 냈다. 심지어 매우 도발적인 미소를 흘림으로써 사내들의 가슴을 서늘하게 만들었다. 나중엔 목젖이 다 보일 정도로 크게 웃기까지 했다. 나나에게 아양을 떠는 여자들도 있었다. 그런 여자들은 어딜 가나 흔히 있었다. 공동체 속에서 가장 아름다운 여자를 선택해 곁에 둠으로써 마치 자기들도 아름다움에 동참하고 있는 듯한 착각에 빠지는 여자들 말이다. 남자들이 아름다운 여자들에게 접근하기 위하여 자기들을 함께 노는 무리에 끼워주고 어느 정도는 아름다운 여자들에게 하는 유혹이나 희롱을 나누어주기를 기대하면서 욕망을 최대한 억제하는 여자들 말이다. 그러나 그런 여자들의 욕망이야말로 한도 끝도 없으며 남자들의 피를 말린다. 왜냐하면 정작 그런 여자들은 자기가 아름다운 그 여자보다 더 아름답다고 생각하기까지 하니 말이다. 아름다운 여자와의 동일시를 넘어서 그 이상이 되고자 하는 열망 때문에 그녀들은 아름다운 여자 곁을 떠나지 않고 쉴 새 없이 아양을 떠는 것이다. 아름다운 여자에게 접근하는 남자들에게 아름다운 여자의 못된 버릇이나 실수 따위를 들추면서 그들 사이를 이간질하거나 그 여자가 얼마나 아름다운지를 입에 침이 마르도록 칭찬하면서 남자들이 그녀에 대한 선망을 포기하도록 만드는 데 열을 올리는 것이다. 너는 그녀와는 절대로 상대가 안 돼, 그러니 내가 어때? 뭐 이런 식이다. 그런 여자들을 나나는 경멸한다. 그러나 그것도 다 과거의 일이다. 나나가 그런 여자들을 계속해서 경멸한다면 나나는 결코 나나일 수 없다. 나나는 이제 여자의 적이 아니다. 나나의 외부에 더 이상의 적을 만들어서는 안 된다. 이제 나나는 여자로서 그런 여자들까지 나나 속에 적대(결코 동일화할 수 없는, 그러나 미워하지 않는)로서 품는다. 그런 여자들의 장소를 나나 속에 마련해야 한다. 그런 여자들이 계속해서 나나를 괴롭힐 테지만 나나가 여자이기를 포기하지 않는 이상 그 여자들에게서 등을 돌려서는 안 된다. 어쩌면 이미 그 여자들이야말로 정녕 나나였는지도 모르니까 말이다. 나나는 많은 사람들과 이야기를 나누었다. 그와 헤어진 뒤 도서관에서 책만 보던 나(나), 카페에 혼자 앉아 오래도록 와인을 마시며 울었던 나(나), 방구석에 처박혀 도무지 나올 줄 몰랐던 나(나), 사람들과 대화한 적이 언제였는지 기억조차 나지 않는 나(나), 오직 일에 파묻혀 지냈던 나(나). 그러나 나나는 이제 어떤 사람들과도 이야기 할 수 있었고, 그들의 말을 귀담아 들을 수 있었다. 하지만 나나가 갑자기 이상적인 어떤 모델이 된 것은 아니다. 그저 나나는 타자를 받아들일 만큼 성숙해졌을 뿐이다. 아직까지 나나는 그저 질투하는 여자였다. 나나는 언제나 질투와 같은 나쁜 행위에 몸 바칠 준비가 되어 있는 여자였다. 여자인 이상 여자의 나쁜 특성을 고스란히 간직하고 있어야 할 것 아닌가. 그렇다. 나나를 여기 오게 한 것은 질투였다. 비록 나나가 내(내)가 나(나)를 만나 합체를 통해 새로 태어난 존재이기는 하나 여전히 그의 애인을 질투하는 여자였다. 나나는 그의 애인에게서 그를 떼어놓으려는 악역을 떠맡기 위해 이곳에 온 것이다. 사람들이 나나에게 이름을 물었다. "나나는 나나예요." 사람들이 웃었다. 나나라니. 그런 이름도 세상에 있나? 뭐 이런 뜻으로 웃은 것이리라. 나나라는 이름이 매우 재미있다고 느꼈을지도 모른다. 아니면 그저 나는 나예요라고 들었으리라. 그도 그런 면에서 예외는 아니었다. 다르다면 많은 사람들이 나나의 매력을 바라보며 자신의 욕망을 뒤로 미루었지만 그는 곧장 달려들었다. 그는 정말 충동적이었다. 죽음 앞에서도 자기의 욕망을 양보하지 않을 것 같았다. "우리가 언제 만난 적이 있었나요?" 그의 첫마디였다. "지금 너무 낡은 방식으로 여자를 꼬신다고 생각지 않나요?" 나나는 그와 눈을 마주치지 않은 채 말했다. "고전적인 방식은 세월이 흘러도 대체로 먹힌다는 장점을 지니죠." "반쯤은요." "이름이 뭐죠?" "나나예요." "재밌네요. 두 개의 나란 뜻인가요?" "아뇨, 두 개의 내가 하나가 되었다는 말이죠." "하하하. 말장난이 대단하시군요." "말장난이 아니라 존재의 문제죠." "말은 그 정도로 하고……." 그는 잠시 뜸을 들였다. 이제 본격적으로 속셈을 드러낼 차례였다. 나는 이제 그에게 유혹당하지 않는다. 그에게 그런 기회를 주고 싶지 않다. "말이 끝났으니 제 몸을 보고 싶으신가요?" "센스가 보통이 아니군요. 어차피 말이 행위를 품고 있는 게 아닌가요?" "네. 카사노바도 여자의 몸을 얻기 위해 말로써 유혹해야 하니까요." "눈빛만으로 여자의 옷을 벗길 수 있는 남자는 포르노 배우밖에 없습니다, 안타깝게도." 그는 쑥스러워하는 십대 소년처럼 웃었다. 예전에 나(나)들이 저 웃음 때문에 늘 나자빠졌었다. 나나도 옛생각이 떠올라 미소를 지었다. "사실은 그런 남자가 필요한데요." "여기서는 곤란하지만 둘만 있는 침대 위에서라면 어느 정도까지는 연출이 가능합니다, 저도." "하하하. 그렇게 장담하신다면 실험해보고 싶은 욕구가 생기는데요. 아직도 절 어디서 본 듯한가요?" "아뇨, 전혀." 그는 나나를 향해 활짝 웃었다. 그것은 나나를 과거의 어떤 여자와도 비교하지 않겠다는 의지의 표현이었다. 정말이지 그는 여자를 유혹할 줄 알았으며 여자의 마음을 헤아릴 줄 알았다. 물론 그가 여자를 버릴 때 무참히 그 마음을 짓밟기 전까지는. 나나는 그와 행사장을 빠져 나왔다. 그는 주차

장에 세워놓은 페라리를 몰고 와 앞에 댔다. "어디로 모실까요?" "나나는 도시가 좋아요." 그는 고개를 돌려 나나를 향해 코를 찡 긋했다. 괜히 교외로 드라이브를 가자며 시간을 끄는 타입은 질 색이란 뜻이리라. 그는 나나를 서울이 훤히 내려다보이는 호텔로 데려갔다. 나나가 나(나)일 때 그와 함께 여러 날 밤을 보낸 곳이 다. "이런 곳이라면 객실 밖에서 섹스를 하는 것도 나쁘지 않죠." 나나는 그의 기억을 부추겼다. 그는 쉽게 과거를 돌아보지 못했 다. 대신 그는 몹시 흥분에 들뜬 목소리로 대꾸했다. "장소가 어 디든 당신이 원하는 대로." 나나는 절정의 순간에 내뱉었던 음란 한 말들을 떠올렸다. 그가 내뱉었던 말들이 먼저 떠올랐고 나나 가 응답했던, 나중엔 일부러 먼저 소리쳤던, 다시 주워 담을 일 이 없으리라고 생각했던 말들이 생생하게 떠올랐다. 나나는 그에 게 고스란히 반복해서 들려주리라 마음먹었다. 그는 웃통을 다 벗고 검은 모자를 썼다. 그는 자기 혼자 서 있는 것이 아니라 모 든 남자들을 대표하는 양 지배자의 포즈를 취하고 있었다. 침대 만이 존재하는 듯한 호텔 방에서는 그는 정말 정복자일 수 있었 다. 늘 그래왔기에 그는 이 역할에 어색하지 않다. 하지만 그는 성적 매력을 풍기기보다는 음산한 금눈쇠올빼미처럼 보였다. 아 니 여러 마리의 금눈쇠올빼미 무리처럼 느껴졌다. 수많은 남자

떼들이 나나를 겁탈하려고 설쳐댔다. 나나는 그의 모습이 오히려 애처로워 보였다. 나나는 그에게 옷을 다 벗으라고 말했다. 그는 서둘러 남자의 옷을 다 벗었다. 나나는 옷을 벗어 그에게 입혔다. 그는 나나에게서 여자의 몸을 훔쳤다. 아니 여자의 영혼을 빌려 갔다. 나나는 그가 비록 잘 알지 못하지만 한 번쯤은 여자를 입어 봐야 할 때가 다시 돌아오리라는 예감이 들었다. 나나는 그가 벗어놓은 옷을 껴입었다. 헐렁했지만 나나에게 꼭 맞는 듯했다. 그는 나나가 남자 옷을 입자 더욱 더 흥분했다. 그가 걸친 나나의 치마 위로 그의 남성이 불끈 솟아올랐다. 여자 옷을 입어도 남근은 여전히 남근이었다. 복장도착자들도 여자를 원할 수 있었다. 그는 나나를 갈구하며 달려들었다. 나나도 몸을 열고 그를 받아들였다. 나나 이후 그를 처음 맞는 것이다. 정사는 거칠었지만 부드러웠고 격렬했지만 낭만적이었다. 나나는 그와 정사를 나눌 때마다 나(나)들이 내뱉었던 음탕한 말들을 다시 반복했다. "아, 이거야. 거기 너무 좋아." "니 XX가 날 짓뭉개고 있어." "이런 느낌일 줄 몰랐어." "어서 내 X에 니 X을 박아줘." "아, 씨팔 개같이 더러운 기분이야." "넌 날 흥분시켜. 널 빨고 싶어. 다 빨아먹을 거야. 한 방울도 버리지 마." "어떻게 하면 더 음탕해질 수 있을까. 엉덩이 더 높이? 다리를 더 벌릴까?" "오직 너한테만 내

XX를 벌릴 거야. 다른 놈들에겐 절대 안 벌릴 거야." "어서 XX
를 내 XX에 싸줘." "아, 사랑해, 사랑해, 사랑해." 나나는 이제
그가 나나를 알아봐주기를, 다른 누구도 아닌 바로 나나라는 것
을 알아봐주기를 간절히 바랐다. 그가 나나의 은밀한 언어를 알
아들었을 때 나나가 바로 나(나)들이라는 것을 말이다. 그처럼
언어의 유희에 정통한 자가 나나의 어설픈 자기증명을 눈치 못
챘을 리 없었다. 그는 잠시 멈칫했다. 비로소 그는 나나를 알아본
것이다. 그는 나나를 이전에 만났던 적이 있다는 사실을 상기했
다. 그것도 아주 자주. 여러 차례 반복해서 나나의 몸을 경험했다
는 것도. 몇 번이고 똑같은 섹스를 반복했으며 반복 횟수만큼 거
듭되는 쾌락을 느꼈다는 사실도 떠올렸다. 그는 멈칫, 멈칫한다.
나나는 오히려 더욱 그의 몸에 매달렸다. 나나는 벌써 네번째 오
르가슴을 느끼는 참이었다. 절정에 오를 때마다 나(나)들의 언어
를 반복했다. 나나는 지금 몹시 행복하다. 그가 멈칫거리는 모습
을 보는 게 너무나 기뻤다. 멈칫할 때마다 더욱 짜릿하다. 아, 이
게 그가 새로 개발한 테크닉이란 말인가. 멈칫멈칫 저릿저릿. 나
나는 웃었다. 미친 듯이 웃으며 미친 듯이 몸을 흔들었다. 전화벨
이 울렸다. 그가 다시 멈칫했지만 나나는 틈을 주지 않았다. 전화
벨이 끊겼다가 다시 울린다. 아마도 그의 새 애인이리라. 아니

지금 애인이자 곧 헤어질 운명에 놓인 애인이다. 행사장에 홀로 두고 왔으니 지금쯤 눈이 퉁퉁 부어서 미친 듯이 전화를 해대고 있을 것이다. 나나는 그의 애인에게 미안하다. 하지만 곧 그 '나(나)'도 나나 클럽의 회원이 될 것이다. "에이 씨팔 좆같네." 그는 방금 자신이 얼마나 경솔하게 행동했는지 깨닫고 말았다. 그러나 동시에 그는 늘 경솔하게 행동해왔다는 것을, 즉 경솔을 반복해왔음을, 그것이야말로 자신의 치명적인 죄악임을 알게 될 것이다. 씨팔 재수 없이. 그것이 그의 겉으로의 반응일 것이다. 그는 반성은커녕 늘 자신이 재수 없이 걸려들어 이런 실수를 반복하고 있다고 변명했다. 그러나 이러한 경솔은 때론 용서받을 수 없는 죄악이 되고 만다. 그는 속으로는 이런 진리를 잘 알고 있다. 그는 자기 자신에 대해서는 누구보다 잘 알았다. 그러나 항상 경솔하게 행동했고 또 뼈아프게 후회했으나 언제나 그것을 반복했다. 하지만 그것을 반복하면서도 자신의 행동들이 서로 다르다고 철석같이 믿었었다. 그는 늘 경솔하게 행동했으나 언제나 그것을 잊었고 스스로 기만했다. 자기는 늘 진지하게 행동하고 있다고 믿었던 것이다. 그랬다. 그의 사랑은 늘 진지했으나 결과적으로 언제나 경솔할 따름이었다. 그는 경솔했다는 것을 깨닫는 순간 곧바로 다른 경솔한 행동으로 재빨리 옮겨 가면 그

뿐이라고 생각했었다. 그리고 신속하게 행동으로 옮겼다. 그러나 이제는 좀 달랐다. 나나에게서 벗어나지 못하리라는 생각이 강하게 일었다. 그는 곧 다시 경솔한 행동을 할 것이지만 다른 여자에게가 아닌 나나에게 반복하게 되리라는 것을 직감적으로 깨달았다. 새 여자를 만났다고 생각하는 순간 그것은 언제나 나나이리라. 나나, 나나, 나나, 나나뿐이리라. 그가 예전에 여자 A든, B든 혹은 C든 D든 상관없이 여자에게서 여자에게로 자리를 옮겼듯이 이제는 나나에게서 나나에게로, 다시 나나에게로만 옮겨 다닐 수밖에 없음을 깨달은 것이다. 여자면 그만이었으므로 이제 나나면 그만인 것이다. 그는 욕망이 끊임없이 대상을 바꾸는 환유換喩이면서 동시에 늘 제자리로 돌아오는 환유還遊라는 것을 이제야 깨닫게 된 것이다. 그는 자신이 얼마나 경솔했는지를 새삼 깨달았지만 다른 경솔로 옮겨 갈 장소가 더는 보이지 않는다는 것 또한 명백히 알게 되었다. 그는 지금 울리고 있는 휴대전화의 벨소리를 붙들고 싶었다. 전화를 받고는 미안하다고 용서를 빌고 싶었다. 다시 너에게 돌아가고 싶다고 소리치고 싶었다. 그러나 그는 전화를 받지 못하고 우물쭈물했다. 지금 그의 몸 위에서 나나가 요동치고 있었다. 갖은 음란한 말을 내뱉으면서 그를 끌어당기고 있었다. 지금은 오직 나나에게 충실해야 했다. 전화를 받는 순간 그는 나나를 잃게 될 것이다. 그리고 애인도 잃게 될 것이다. 전화를 받는다면 애인은 그가 지금 나나와 함께 있다는 것을 직감적으로 알아차릴 것이고 그것으로 끝이다. 하지만 전화를 받지 않는다면 애인은 전화 받지 않았다는 사실을 들어 결별을 선언할 것이다. 그러나 그는 애인을 잃고 나나와 영원히 사랑할 수 있을 것인가. 과연 나나는 과거의 여자들의 총화로서 그를 이해하고 용서하고 그를 진정으로 사랑하며 그와 함께 인생을 살 것인가. 늙은 몸을 서로 위로하며 죽음의 때를 기다릴 것인가. 그는 진정 귀로에 서 있다. 그는 나나를 선택함으로써, 오직 나나만 선택(해야)함으로써 이 경솔한 행동의 종지부를 찍을 수 있을 것이다. 그러나 그는 욕망한다 고로 존재한다는 식의 그의 삶(존재)의 방식으로부터 이탈하고 말 것이다. 그것이 곧 죽음을 의미한다는 것을 그는 너무나 잘 알고 있었다. 사실 그는 자신의 경솔한 행동으로부터 떠날 생각이 전혀 없다. 그는 오직 자신의 경솔한 행동을 재빨리 잊고 다른 경솔한 행동으로 옮겨 가기를 원할 뿐이다. 그런데 이제 다른 경솔한 행동을 선택할 권리를 박탈당했으며 경솔한 행동을 받아줄 대상조차 사라졌다. 결국 그는 나나에게서 멈춰야만 하는 것일까. 전화벨은 벌써 열한번째 울리고 있었다. 곧 천번째 만번째 울릴 것이다. 전화벨

소리는 언제까지 그를 기다려줄 것인가. 그의 욕망의 저편에서 전화벨은 그를 부르고 있었다. 그리고 바로 코앞에서 나나가 욕망의 끝을 향해 함께 달려가자고 그를 끌어당기고 있었다. 나나는 그를 보며 웃었다. 비로소 나나는 지독한 오르가슴을 느꼈다. 나나는 행복했다. 반대로 그는 이제 좀 불행해질지도 모른다. 나나는 그를 위로할 것인가 그냥 이대로 방치할 것인가 잠시 고민할 것이다. 그러나 어쨌든 사랑은 멈추지 않는다. 그가 어떤 대상을 사랑하든 어차피 그것은 사랑이었으며 나나 역시 반복해서 그를 사랑했으니까 말이다. 비록 사랑이 불가능한 것이며 이 세계에 존재하지 않는 것이라 할지라도 사랑은 인간이 이 세계에 태어나는 한 인간들 사이에서 발생할 것이며 없더라도 없는 것 그 자체로 존재할 것이다. 사랑은 늘 오지 않는 미래다. 그래서 항상 불가능하며 이미 겪어왔지만 늘 아니었다고 부정하면서, 그러나 언제나 사랑에 목말라하며 한 번만 더 겪게 된다면 죽어도 좋다고 거짓말을 하게 되는 것인지도 모른다. 사랑은 메시아다. 사랑은 언제나 끊임없이 기다리게 한다. 사랑이 과거에도 그토록 아팠으므로 미래에도 내내 아플 것이다. 카사노바는 모든 여자들의 꿈의 대상이었다. 하지만 그가 나나를 사랑한다고 말하는 순간 꿈에서 깨어나고 말 것이다. 나나는 아직 꿈에서 깨어나는 게 싫다. 사랑은 좀더 환상 속에 머물러 있어도 좋을 것 같다. 이 세계의 바깥을 헤매는 모호하지만 지독한 갈구로서 남겨두어도 아직은 괜찮을 듯싶다. 곧 사랑은 늘 다시 돌아오는 메시아로서 꿈에서 현실로 침입할 것이다. 나나는 기다릴 것이다. 사랑을, 더 이상 '그'라는 이름이 없는 그의 사랑을.

작품 해설 | 사랑, 그 불가능성에 대한 애도의 수사학

우찬제(문학평론가)

1. 불가능한 사랑과 가능한 사랑의 수사학?

그것이 무엇일까. 사랑의 우수 속에서 끊임없이 흩어지고 사라지는 것은 무엇일까. 사랑의 우수에 사로잡힌 영혼, 그 불쌍한 영혼은 왠지 모르게 피 흘리는 형상으로 보인다. 그래서일까. 롤랑 바르트는 '사랑의 피로'에 대해 언급한다. "그것은 채워지지 않는 배고픔, 입을 크게 벌린 사랑, 또는 내 모든 자아가 대신 자리를 차지한 사랑의 대상에게로 끌려가며 이전되는 것."[1] 아울

---

1) 롤랑 바르트, 『사랑의 단상』, 동문선, 2004.

러 그는 '달콤한 불길'에 대해 말한다. 부재하는 이에 대한 욕망, 현존하는 이에 대한 욕망이 있다. 이 두 욕망을 이중 인쇄하여 현존 안에 부재를 집어넣으면, 하나의 모순된 상태가 나타난다. 이것이 곧 달콤한 불길이다. 거기에는 사랑의 욕망과 향유와 불안이 복잡하게 얽히고설켜 있게 마련이다. 사랑의 주체가 완벽하게 정신 착란에 빠져 있지 않는 한, 사랑하는 자는 늘 그런 상태에서 혼미의 방황을 거듭해야 한다. 이런 달콤한 불길의 상태에서 사랑은 겨우 기표로 떠돈다. 그 기표들에 대한 간절한 응시를 통해 세상의 이런저런 사랑의 상상은 비롯되는 것이 아닐까.

사랑의 기표를 응시한다는 것은 이미 사랑의 주체로부터 배제되었음을 의미한다. 흔히 사랑의 주체들은 스스로 혹은 어쩔 수 없이 연인의 자리를 포기하면서 유형자의 처지를 자임하는 경우가 많다. 자신의 상상계로부터 유배된 그들은 무엇보다 사랑의 언어와 사랑의 이미지를 상실한 자들이다. 그들에게 이미 "사랑해요"란 말은 끝났다. 사랑의 언어와 이미지의 장례를 치르는 일은 눅진한 고달픔과 슬픔을 동반한다. 다시 바르트를 따라가 보기로 한다. "이미지의 장례를 치르는 일은 실패하면 괴롭고, 성공하면 슬프다. 상상계로부터의 유형이 내 '병의 회복'을 위해 필수적인 길이라면, 여기 그 과정은 서글프다는 것을 인정해야만 한다. 하지만 이 슬픔은 우수가 아니다. 아니 그것은 적어도 불완전한 우수다. 나는 그 어떤 것에 대해서도 자신을 비난하지 않으며, 의기소침해하지도 않는다. 내 슬픔은 사랑하는 이의 상실이 추상적인 것으로 남아 있는, 저 우수의 가장자리에 속해 있다."[2] 그 우수의 가장자리에서 이제 무엇을 어떻게 할 수 있을 것인가.

작가 박청호는 그 가장자리에서 사랑의 불가능성에 대한 애도의 수사학을 펼친다. 그런 가운데 그토록 겨우 존재하는 사랑의 기표들을 다시 응시하며 전혀 다른 사랑의 이야기를 하고 싶어 한다. 사랑의 행위와 장면을 초점화하기 보다는 사랑의 언어를 메타 시선에서 재발견하려 한다. 사랑의 이미지에 대한 장례를 집전하면서 다시 사랑의 이미지를 생산하고자 한다. 극화된 이야기 대신에 그 이야기에 대한 욕망과 상상을 극화한다. 다시 말해 사랑은 극화되는 것이 아니라 다만 상상될 따름이다. 사랑의 고유성이 바로 불가능성에 있기 때문이다. 그렇다고 해서, 사랑의 언어를, 사랑의 이미지를 상상하는 일은 가능성의 영역에 속할 것인가. 그런 의혹 때문에 작가가 '사랑의 수사학'이라는 표

2) 롤랑 바르트, 앞의 책.

제를 내걸었는지도 모른다. 수사학은 불가능해 보이는 현상들에 대해서도 가능한 담론을 생산할 수 있기 때문이다. 사랑의 수사학을 위해 작가는 사랑에 관한 '상상들'과 '사건들' 및 '행위들'을 차례로 상상한다.

2. 유희하는 유목민과 히스테리 환자

『사랑의 수사학』은 일단 '그'를 사랑하는 '나'의 이야기다. 주인공 '나'는 그와의 사랑을 상상적으로 재체험하면서 사랑의 의미론에 관한 탐문을 시도한다. 그녀에게 사랑은 '올인'의 대상이다. 부분을 사랑한다는 것은 가당치 않다. 전체가 아닌 부분 사랑은 사랑일 수 없다. 그녀는 다른 여자들과 그를 나누고 싶어 하지 않는다. 오로지 그를 독점하고 싶어 한다. 그의 전부를 원했기 때문이다. 그와 사랑하고 있는 한 그는 온전히 그녀만의 것이기를 바란다. 그가 선물처럼 내미는 그의 일부로는 만족할 수 없었다. "그러기 위해서는 나도 그에게 전부이어야 한다. 나는 그에게 절대적 사랑을, 전부로서의 나를 건네야 했다. 그래야만 그의 전부를 원할 수 있었다." 반면 그는 다르다. 그는 전부인 사랑을 피했다. '카사노바와 사랑의 행위에 관한 해석'이라는 이 소설의 부제가 시사하는 바처럼, 그는 이른바 카사노바형 인물이다. 적어도 그녀가 보기에, 그는 타자 지향적 인물이 아니었다. 그는 자신에게만 관심이 있는 사람처럼 그녀에게 비쳐진다. 사랑하는 시간 동안 오직 그 대상에게만 집중하는 그녀와는 달리, 그의 영혼은 한곳에 매여 있지 않고 뭔가를 찾아 헤매고 떠돌았다. 간혹 "찾는 순간 그는 그것이 아니라고 강하게 부정하곤 했다. 이게 아니야. 그는 결코 행복할 수 없었는데 그것은 늘 그가 자신이 원하는 것을 자신이 없는 곳에서 찾았기 때문이다. 구하는 것은 언제나 자기에게 있는데 그는 늘 다른 곳에 있었으므로 구하는 것을 얻지 못했다." 그에게 여성들은 일종의 '징검다리'였는지도 모른다. 혹은 불가능한 그 무엇, 세상에 존재하지 않는 그 무엇, 혹은 텅 빈 욕망의 근원을 확인하려는 일종의 기제였을까. 그 기제들은 끊임없이 대체되는 경향을 보인다. 사소한 차이를 남기고 반복적으로 말이다. 그 대체의 과정에서 그는 철저한 유목민이 된다. 자유롭게 유희하는, 그러나 공허한 유목민의 초상이다.

 "불가능한 사랑을, 아니 사랑의 불가능성을 찾아" 헤매기는 그녀도 역시 마찬가지다. 혼미의 방황을 거듭한다는 점에서는 일치하나, 방황하는 주체의 세계관은 대척적이다. 그녀는 사랑의 불가능성을 가능성으로 바꾸고자 하는 욕망 때문에 고통스럽게 방황하고, 그는 이미 불가능성을 수긍하고 그 현존을 유희하기에 자유롭게 방황한다. 유목민적인 그는 언제나 분산적이다. 전체로서의 단수로 존재하는 것이 아니라 부분들의 복수로 늘 떠돈다. 그녀는 생각한다. "그는 여기 있었지만 또 늘 다른 거기에 존재했다. 그는 내게 속했지만 다른 여자들과 관계 맺었다. 그는 늘 둘 이상이었다. 또 다른 그에게 나하고만 사랑해야 한다고 요구할 수는 없었다. 그가 아닌 다른 이에게 사랑을 구할 수는 없지 않은가. 나는 단지 여럿의 그 중에서 한 개의 그만을 상대로 사랑할 수 있을 뿐이었다. 다른 그(들)는 도대체 어디 있는가. 그(들)는 왜 나를 사랑하지 않는가." 그녀로서는 이 사태를 도저히 받아들일 수 없다. 하여 "억지로 그에게 숭고한 사랑을 요구"한다. "한 여자를 사랑하면서도 다른 여자를 욕망하는 것은 이미 사랑이 아니기 때문이다. 나는 그에게 처음부터 다시 사랑하라고 교정 명령을 내렸다. 이것이야말로 폭력이었고, 사랑이라는 미명하에 저질러지는 악행이었다. 그러나 그는 그렇게 해야만 한다. 나와 사랑하기 위해서는 나와 같은 방식으로 사랑해야 한다." 사랑하는 방식의 차이로 인해 그들은 늘 평행선을 걷는다. 이를 그녀는 견딜 수 없다. 유희하는 유목민으로 인해 견딜 수 없으므로, 그녀는 하나의 사랑에 집착하는 편집증에 시달리다 못해 히스테리 환자에 가깝게 된다. "나의 편집증이 그를 조각냈다. 쪼가리 쪼가리로 쪼개진 그라는 퍼즐을 나는 여기저기 꿰맞추었다. 그는 괴로웠다. 나의 과대망상과 명확한 직감과 피할 수 없는 육감과 심장을 꿰뚫는 예민한 감성 때문에 그는 점점 미쳐갔다. (중략) 나는 히스테리 환자이며 의심하는 주체다." 사랑의 파국은 그렇게 진행된다. 아니 사랑의 불가능성은 유희하는 유목민과 히스테리 환자의 담론 사이에서 충돌하면서 구현된다. 언제나 사랑은 멀고 이별은 가깝다.

3. 타자의 욕망과 타자의 수사학

"인간의 욕망은 타자의 욕망이다." 라캉의 이 명제는 더 이상 낯설지 않다. 굳이 모에이에 의지하지 않는다고 하더라도 우리는 라캉의 이 명제에서 여러 함의를 도출해낼 수 있다. 첫째, '타자의 욕망'의 소유격을 목적 소유격으로 이해하면, 이 명제는 욕망이란 늘 어떤 다른 것을 욕망한다는 뜻으로 해석된다. 욕망은 종착점이 없는 것이다. 둘째, '타자의 욕망'의 소유격을 주어적 소유격으로 이해하면, 타자는 처음에는 어머니이고 그 다음에는 법(아버지의 이름으로 상징되는 법)으로 해석 가능하다. 셋째, 타자란 말은 상호 주관성, 곧 상호 인정과 관련되어 있다. 이런 의미에서 인간의 욕망은 타자의 욕망을 인정하고자 하는 욕망이다. 넷째, 욕망은 무의식의 욕망이라는 점을 감안하면, 이때 타자는 곧 무의식에 다름 아니다. 다섯째, 타자는 욕망을 불러일으키는 상징적 질서로 해석할 수 있다.

박청호의 『사랑의 수사학』에서 유희하는 유목민은 유달리 타자를 강조하는 인물로 제시된다. "그가 강조하는 것은 자아가 아니라 타자였다. 그는 내 속의 타자를 만나라고 말했다." 그런데 실상 그는 타자/타인에게는 관심이 없는 인물로, 그녀에게 비친다. 오직 자기 외엔 관심이 없는 인물로 말이다. 그녀는 이로 인해 어처구니없어 한다. 그에게 타자의 욕망은 상징적 질서로 해석되지 않는다. 타자의 응시의 그물로부터도 한껏 자유로운 듯 보이기 때문이다. 말하자면 그는 라캉의 명제에서 '타자의 욕망'의 소유격을 목적 소유격으로 해석한 자다. 그래서 늘 어떤 다른 것을 욕망한다. 그러나 그녀는 라캉의 명제에서 타자를 상호주관성 곧 상호 인정과 관련하여 해석한다. 상호 인정의 자장 안에 들지 못한 채 주변으로 배제되는 타자화 경향을 그녀는 참을 수 없다. 그래서 그녀는 그에 대하여 그에게 질문한다. "나는 늘 질문한다. 그에 대해서 그에게 질문한다. 그는 모든 답을 알고 있는 자다. 내가 오직 그에 대해서만 묻고 있기 때문이다. 그러나 그는 나의 욕망에 대해서도 아는가. 만약 그에게 나에 대해 묻는다면 그는 뭐라 답할 것인가. 나의 욕망이 그가 무엇을 욕망하는지 알고자 하는 바로 그것이라는 것을 그가 알고 있는가. 하지만 그는 내가 그에 대해서 물을 때마다 침묵한다. (중략) 그는 나의 욕망을 알지 못한다. 그는 내가 알고자 하는 바로 그것만 모르기 때문이다." 그는 그녀의 욕망을 자신의 욕망으로 수락하지 않는다. 오직 자신의 욕망만을 그녀의 욕망으로 억압하는 형국이다. 달리 표현해 그녀는 늘 '사랑하는 자'의 자리에, 그는 언제나 '사랑받는 자' 혹은 '사랑을 착취하는 자'의 자리에 있었을 뿐, 상호 인정의 상징적 사랑 형식은 없었다고, 그녀는 생각한다. "그와 나, 사랑하는 자는 누구이며 사랑받는 자는 누구인가. 나는 늘 사랑했으며 그는 사랑만을 착취했다. 그러므로 이제부터 그는 사랑하는 자 곧 나의 사랑의 방식에 응답하는 자로 자리를 옮겨야만 한다." 그럼에도 그는 변함없이 "자신이 사랑받고 있다는 것을 즐기기 위해서" "내가 그를 사랑하도록 자극"할 따름이다.

"그는 자기 자신을 사랑하기 위해 나의 사랑을 필요로 한다." 사태가 이렇게 진행될수록 그녀는 주체일 수 없고 타자화된다. "나는 이제 타자다. 나는 내가 아니다. 나는 그녀다."

작가 박청호는 인식과 상상 속의 타자화 경향을 인물에 의한 구체적 행위화 양상으로 묘출한다. '3 행위들'에서 그녀는 타자의 몸을 먹고 타자가 되는 장면을 연기한다. 그녀는 우연히 만난 그녀를 보고, 그가 자신을 떠난 다음에 잠시 사랑하다가 버린 또 다른 그녀임을 직감하고 반가워한다. "나는 나를 만나자 나의 외부에 있는 나(나)를 만난 것처럼 반가웠다." 그녀와 대화하면서 "그가 내가 나를 능가하기에 나를 버리고 나에게로 간 것이 아닌 것만은 분명하다. 그는 단지 약간의 차이를 즐기려고 잠시 혹은 계속해서 나를 떠나 나에게로 건너가는 것이다. 그런 면에서 그는 진정한 유목민이라고 할 수 있다"는 생각을 하게 된다. "나를 떠나 나에게로 돌아오는 이 무수한 반복"을 통해서 그는 욕망의 대상을 끊임없이 바꾸었고, 그에 따라 무수한 '나'들은 또 다른 무수한 '나'들로 타자화되었다. '나'의 타자화를 견딜 수 없는 그녀는 식당에서 "주문에 덧붙여 나를 요리해서 함께 접시에 담아달라고" 요구한다. 다소 엽기적인 상상력의 소산으로 보일 이 장면을 작가는 이렇게 그린다. "음식을 다 먹고 나자 나는 내가 되어 있었다. 내가 앉았던 곳이 텅 비었다. 내가 앉았던 곳은 좀 무거워진 것 같기도 하다. 나는 내가 먹었던 밥값까지 다 계산하고 아지오에서 나왔다. 이제 내가 내가 되었으니, 내가 나와 한 몸이니, 같은 육체를 입었으니 나(나)는 나(나)를 나나로 부른다. 이제부터 나(나)는 나나다." 타자의 수사학의 한 극점을 보이는 대목이 아닐 수 없겠다. '나'에서 '나나'로 변신한 그녀는 그와 만나 또 다른 몸을 나눈다. '나나'에서 '나'를 확인할 수 없는 그에 대한 일종의 보복 행위처럼 보인다. "오직 자기 자신에게만 몰입해 쾌락을 즐길 뿐이며 동시에 자기 자신 속에 내재한 타자를 파괴하려는 악마적인 쾌락에 열광하거나 중독된" 그에 대한 타자의 보복 말이다.

물론 그녀에 의한 타자의 수사학은 다른 측면에서도 해석할 수 있다. 타자를 읊조리면서도 타자를 배반하는 그에 대한 보복의 플롯이 아닌, 타자화되어 가는 자신에 대한 구제의 전략으로 말이다. '나'에서 '나나'로 변신하기 이전에 그녀는 무수한 '나'들에게 질투를 느껴야만 했다. 사랑하는 사람에게 질투는 가장 주체적인 감정의 형식이지만, 그럴수록 스스로에게 사랑의 피로를 가중시키는 어떤 것이다. 다시 롤랑 바르트를 따라가 보기로 한다. "질투하는 사람으로서 나는 네 번 괴로워하는 셈이다. 질투하기 때문에 괴로워하며, 질투한다는 사실에 대해 자신을 비난하기 때문에 괴로워하며, 내 질투가 그 사람을 아프게 할까 봐 괴로워하며, 통속적인 것의 노예가 된 자신에 대해 괴로워한다. 나는 자신이 배타적인, 공격적인, 미치광이 같은, 상투적인 사람이라는 데 대해 괴로워하는 것이다."[3] 질투로부터의 자기 해방이라는 관점이 다소 소극적이라면, 좀더 적극적인 관점으로는 타자에 대한 적극적인 수용으로 폭넓은 인간 해방의 지평에 이르기를 열망하는 상상적 에너지의 측면을 주목할 수도 있겠다. 그녀는 유목민적인 그를 원망하고 다른 그녀들을 질투하다가 이런 생각을 한 적이 있다. "그를 마음에서 놓으면 그를 얻는다는 것을 이제 알았으니 말이다. 그러나 그는 지금 없다. 어쩌면 애초부터 없었는지도 모른다. '그'라는, 내 욕망의 대상이자 원인이었던, 내 속에 있으나 나를 벗어나 존재하는 오직 '그'라는 타자만 있었을 뿐" "내 속에 있으나 나를 벗어나 존재하는 오직 '그'라는 타자"에 대한 발견에 이어, 내 밖에 있으나 내 안에 존재하는 무수한 타자들에 대한 발견 및 양 방향의 타자들의 상호 관계에 대한 발견으로 이어지는 타자의 수사학의 행로를, 작가

3) 롤랑 바르트, 앞의 책.

가 의도한 것이 아닐까 짐작된다.

4. 목소리의 향유와 침묵의 불안

   그는 처음에 그녀에게 "말과 그 말을 담은 목소리로" 왔다. 목소리만으로도 충분한 애무였기에, 그의 목소리에 그녀의 욕망은 전율했다. 그러나 점차로 목소리는 몸으로 치환되거나 몸의 행위로 전이된다. 목소리로 사랑의 감정을 순수하게 소비하던 그와 그녀는, 예의 낭비의 경제 체제 속에서 목소리의 침묵과 몸의 함성을 역설적으로 체험한다. 그렇다는 것은 사랑의 불가능성의 경지에 다가서는 일이기도 하다. "사랑은 그 자체로 텅 빈 것이다. 내가 그를 사랑의 대상으로 선택했을 때 남는 것은 그의 신체뿐이다. (중략) 그 사랑의 본질은 정녕 없었단 말인가." 우리는 여기서 다시 물을 수 있다. 목소리든, 몸이든, 사랑은 정녕 순수 낭비의 경제 체제에서 벗어날 길이 없다는 말인가. 이 물음은 곧 작가 자신의 물음과 통할 수 있다. 또한 그것은 동시대 사랑의 현상학에 대한 직정적인 질문에 육박한다.
   목소리가 사라졌을 때 상호 인정의 욕망은 교환되지 않는다.

주체의 속절없는 타자화는 그렇게 전개된 것이었다. 더 이상 그녀에게 목소리로 다가오지 않는 그는 "욕망이 끊임없이 대상을 바꾸는 환유換喩이면서 동시에 늘 제 자리로 돌아오는 환유還遊"임을 환기하는 수사가의 형상을 하고 있다. 몸의 대상을 인접적으로 바꾼다는 점에서 환유換喩이고, 몸의 향락을 욕망하는 무의식의 제 자리로 돌아온다는 점에서 환유還遊다. 그렇다면 이 환유의 수사가는 과연 흔한 카사노바에 불과한 존재일 터인가. 그는 그녀의 그림을 비평하는 자리에서 "자기의 불안을 감추기 위해서 갈망하는 것"에 대해 언급한 적이 있다. 그녀가 자기의 불안을 감추기 위해 자화상을 욕망했듯이, 그 또한 자신의 불안을 감추기 위해 자신의 몸의 현전이나 그것의 쾌락을 욕망한 것이 아닐까, 추론해볼 여지가 없지 않다.

　삶이든, 그림이든, 사랑이든, 어쩌면 모조리 "텅 빈 형식"이 아닐까. 텅 빈 형식이 일차적으로 자아내는 불안의 감정을 그와 그녀는 다른 방식으로 상상하거나 표출한 것이다. 그는 카사노바와도 같은 유목민의 형식으로, 그녀는 '나나'로 타자화되는 극적인 변신의 형식으로 말이다. 나아가 사랑의 수사학은 기본적으로 불안의 형식에 기초한 것이라는 점, 그리고 사랑의 불가능성이라는 심연을 응시한 자에 의한 장례 절차 혹은 애도의 절차

가 그와 같은 불안의 형식을 산출할 수 있다는 점을 작가 박청호
는 관찰한 것으로 보인다. 그런 과정에서 작가는 동시대의 사랑
의 현상들과 그 현상들을 매개로 한 수많은 멜로드라마들에 대
해 비판적 성찰을 요청하는 것처럼 보인다. 그가 그 흔한 사랑의
이야기 중에 하나를 택해 극적인 서사 하나를 창안하지 않고, 단
지 사랑의 수사학을 메타 언어적 성찰을 통해서 하려 했던 이유
를 우리는 알아차려야 하리라.

　박청호는 『단 한 편의 연애소설』(1996), 『갱스터스 파라다이
스』(2000), 『질병과 사랑』(2002) 등 이전의 여러 소설들에서, 환
각과 현실을 넘나들며 비루한 자들의 비애와 고통을 치명적인
의식으로 점묘한 바 있다. 좌충우돌하는 박청호 문학의 몸은 스
스로 저주받은 존재임을 거듭 확인하는데, 그 과정을 거치면서
곧잘 아주 치명적인 사태를 상상하곤 했다. 이때 치명적인 것은
존재 자체의 파문을 지시하기도 하고 또 때때로 문학의 위기를
감각하게도 했던 것이다. 말하자면 글쓰기의 최저낙원에서 잠복
하고 있는 형국이었다. 그렇게 잠복하던 그가 이번에는 나름대
로 사랑의 오감도(조감도이기를 욕망했을지도 모르지만)를 다른 스
타일로 구상했던 것으로 보인다. 물론 사랑에 대한 메타 이야기
혹은 메타 수사학이어서 이전과는 다른 독서 코드를 요청하는

것도 사실이다. 그러나 여러 스타일의 사랑의 이야기를 통해 '오지 않는 미래'이기도 한 사랑의 본질에 다가서려는 '오래된 미래'의 새로운 상상적 노력의 일환임에는 틀림없다. 이 소설의 존재 이유 혹은 사랑의 심연에 대한 수사학적 탐색 이유 또한 작가가 분명히 밝혀놓은 바 있다. "비록 사랑이 불가능한 것이며 이 세계에 존재하지 않는 것이라 할지라도 사랑은 인간이 이 세계에 태어나는 한 인간들 사이에서 발생할 것이며 없더라도 없는 것 그 자체로 존재할 것이다. 사랑은 늘 오지 않는 미래다. 그래서 항상 불가능하며 이미 겪어왔지만 늘 아니었다고 부정하면서, 그러나 언제나 사랑에 목말라 하며 한 번만 더 겪게 된다면 죽어도 좋다고 거짓말을 하게 되는 것인지도 모른다. 사랑은 메시아다. 사랑은 언제나 끊임없이 기다리게 한다. 사랑이 과거에도 그토록 아팠으므로 미래에도 내내 아플 것이다." 그의 다음 사랑의 이야기는 또 어떻게 달리, 얼마나 치명적으로, 혹은 얼마나 극적으로 전개될는지 자못 궁금하다.